文学修养丛书

WENXUE XIUYANG
CONGSHU

青少年必读
外国散文经典

本书编写组 ◎ 编

世界图书出版公司
广州·北京·上海·西安

图书在版编目（CIP）数据

青少年必读外国散文经典/《青少年必读外国散文经典》编委会编．—广州：广东世界图书出版公司，2009.11（2024.2重印）
ISBN 978-7-5100-1227-3

Ⅰ．青… Ⅱ．青… Ⅲ．散文-文学欣赏-世界-青少年读物 Ⅳ．I106.6

中国版本图书馆CIP数据核字（2009）第204828号

书　　名	青少年必读外国散文经典 QINGSHAONIAN BIDU WAIGUO SANWEN JINGDIAN
编　　者	《青少年必读外国散文经典》编委会
责任编辑	陶　莎
装帧设计	三棵树设计工作组
出版发行	世界图书出版有限公司　世界图书出版广东有限公司
地　　址	广州市海珠区新港西路大江冲25号
邮　　编	510300
电　　话	020-84452179
网　　址	http://www.gdst.com.cn
邮　　箱	wpc_gdst@163.com
经　　销	新华书店
印　　刷	唐山富达印务有限公司
开　　本	787mm×1092mm　1/16
印　　张	10
字　　数	120 千字
版　　次	2009年11月第1版　2024年2月第12次印刷
国际书号	ISBN 978-7-5100-1227-3
定　　价	48.00 元

版权所有　翻印必究

（如有印装错误，请与出版社联系）

前　言

　　青少年时代是人生最值得珍视的黄金时期。如果把人生比做一场漫长的旅程，那么青少年时代就是旅程中最精彩的部分刚刚开始的地方。人生的幕布在此刻徐徐拉开，在少年的眼里，世界和未来永远都是崭新和充满吸引力的。然而青春的花只开一季，年少让人有轻狂意气，也会有徒增的惘然，用什么来填补青春的空白，又用什么来解答青春的谜题？或许阅读是一条很好的捷径。

　　阅读是对世界和人生的一种间接体验，好书是人一辈子的良师益友，好的文章也会给人带来心灵上的陶冶和启迪，青少年时代养成的许多阅读趣味和阅读习惯更会深深地影响人的一生。随着社会的发展，各种媒体越来越习惯用影像化的信息来吸引受众，而图书出版也有向读图时代发展的趋势。单纯的影像和图片虽然简洁、具有强烈的冲击力，但对正处于学习阶段的青少年来说，过多地接受此类信息却容易造成思维的单一性和惰性。如果在青少年时代人们能够保持良好的阅读习惯，静下心去感受文字蕴涵的魅力和哲理，对于培养独立人格和提高语文修养会大有裨益。

　　在诸多文体中，散文最具灵性，同时，散文形散而神不散的特点使其布局谋篇更自由，主题更凝练而突出。青少年多读优秀的散文作品，对培养自身的创造性思维和逻辑思维能力也有很好的帮助。受文体所限，散文大多篇幅不长，对于学业紧张的青少年来说，阅读起来没有时间上的压力，既感到轻松愉悦，同时又得到了启迪。在青少年时代不但要多读中国散文，更应多读外国散文。外国散文作品展现的是异域风情和文化，对于在中国文化背景下成长的学子来说，更广泛的阅读无疑会帮助他们更好地拓宽视野、博采各家所长、兼收东西方文化，而这也是我们编辑出版《青少年必读外国散文经典》一书的一大初衷。

"经典"常用来形容历经时间的考验而被证明价值非凡的事物。为了给广大青少年编选一本适合他们阅读的历久弥新的外国散文集，我们从青少年的欣赏角度和阅读心理出发，从外国众多优秀的散文作品中经过层层遴选，优中选优，终成一辑。书中的每篇作品均堪称是先哲、大师、文学家们用心写成的经典美文，其中既有悲天悯人的感性华章，又有充满哲思的理性文字；既有尴尬无奈的黑色幽默，又有真实动人的温馨小品。所编选的文章在强调深刻性、哲理性的同时，更强调可读性和趣味性，因此读来如行云流水而无晦涩之感。

阅读经典，会得到一种很好的阅读享受。在阅读中开始品读他人的人生，同时也开始规划你的人生。相信《青少年必读外国散文经典》会成为广大青少年关于阅读的美好的青春记忆，因为在阅读经典的同时，你对世界的阅读也有了一个好的开始。

编　者

目 录

死于山上的人 …………………………… ［日本］长谷川如是闲 (1)
纳蕤思解说 ……………………………… ［法国］安德烈·纪德 (3)
沙与沫 …………………………………… ［黎巴嫩］哈·纪伯伦 (5)
人生的真谛 ……………………………… ［美国］亚历山大·辛德勒 (7)
夜　莺 …………………………………… ［西班牙］麦斯特勒思 (9)
呼吸英雄的气息 ………………………… ［法国］罗曼·罗兰 (11)
断　崖 …………………………………… ［日本］德富芦花 (13)
远与近 …………………………………… ［美国］托马斯·沃尔夫 (16)
夏克玲和米劳 …………………………… ［法国］阿纳托尔·法朗士 (19)
美 ………………………………………… ［前苏联］邦达列夫 (21)
幸福的童话 ……………………………… ［德国］埃里希·凯斯特纳 (23)
山　口 …………………………………… ［瑞士］黑　塞 (26)
古九谷瓷瓶 ……………………………… ［日本］井上靖 (28)
冬日漫步 ………………………………… ［美国］梭　罗 (30)
美洲之夜 ………………………………… ［法国］夏多布里昂 (33)
夜的池沼 ………………………………… ［智利］维·乌伊多夫罗 (34)
圆山·舞伎·红叶 ……………………… ［日本］东山魁夷 (35)
黑人谈河流 ……………………………… ［美国］兰斯顿·休士 (38)

对岸	[印度] 泰戈尔	(39)
自然与人生（六品）	[日本] 德富芦花	(40)
琼斯的悲惨命运	[加拿大] 里柯克	(43)
生命的五种恩赐	[美国] 马克·吐温	(46)
厕中成佛	[日本] 川端康成	(49)
系于一发	[奥地利] 卡尔·施普林根施密特	(52)
人（摘选）	[前苏联] 高尔基	(54)
草还会长出，孩子不会再来	[美国] 邦拜克	(57)
沙的故事	[印度] 奥修	(59)
我有一个梦想（节选）	[美国] 马丁·路德·金	(61)
火绒草	[前苏联] 高尔基	(64)
一位老者和他的歌	[西班牙] 巴罗哈·内西	(65)
宽容的人们	[美国] 房龙	(67)
人生	[英国] 戴维·赫伯特·劳伦斯	(71)
忧郁转瞬即逝的效应	[法国] 马赛尔·普鲁斯特	(75)
声音	[阿根廷] 安东尼奥·波契亚	(77)
沉思	[法国] 苏利·普吕多姆	(80)
一半是野兽，一半是天使	[法国] 帕斯卡	(83)
我的呼吁	[法国] 史怀哲	(86)
开阔的天空	[英国] 拉斯金	(89)
我的灵魂劝导我	[黎巴嫩] 哈·纪伯伦	(91)
我为何而生	[英国] 罗素	(95)
鸟啼	[英国] 戴维·赫伯特·劳伦斯	(96)
窗外	[墨西哥] 奥克塔维奥·帕斯	(100)
夜笛	[西班牙] 阿索林	(103)
树木	[瑞士] 黑塞	(106)
晚秋初冬	[日本] 德富芦花	(108)

初　雪 …………………………………… ［英国］约翰·普里斯特莱（110）
尼亚加拉大瀑布 …………………………………… ［英国］狄更斯（113）
童年的"玩具国" …………………………… ［智利］何塞·多诺索（115）
形象的捕捉者 ……………………………… ［法国］儒勒·列那尔（119）
夜莺的迁徙 ………………………………… ［法国］儒勒·米什莱（121）
篝　火 …………………………………………… ［日本］国木田独步（124）
光　线 ………………………………………………… ［韩国］许世旭（128）
钟和钟声 ……………………………… ［西班牙］加夫列尔·米罗（130）
小　麦 …………………………………… ［美国］弗兰克·诺里斯（133）
秋天的日落 …………………………………………… ［美国］梭　罗（135）
星星和地球 ……………………………………… ［前苏联］邦达列夫（137）
暴风雨 ……………………………… ［意大利］拉法埃莱·费拉里斯（141）
星期天在我的大地上 ………………………… ［德国］斯·盖奥尔格（143）
夜行记 ……………………………………… ［英国］弗吉尼亚·伍尔夫（146）
启　示 ………………………………………… ［黎巴嫩］哈·纪伯伦（149）
话的力量 ……………………………………… ［前苏联］巴甫连柯（151）

死于山上的人

[日本] 长谷川如是闲

> 凡是对真理没有虔诚的、热烈的敬意的人，绝对谈不到良心，谈不到崇高的生命，谈不到高尚。
>
> ——罗曼·罗兰

死于山上的人，他们未必了解山！

宛如沐浴中的仙女般文静、秀美的山，就是那座发出啃人血肉的恶魔般呐喊的、极其疯狂的山！

她并没有伪装自己。

对处女的羞怯毫无畏惧者，必将丧命于她的诅咒的利刃之下。

这并不是因为她掩饰了自己。那些对山的沉静及其巨大的无形力量无所惧怕者，必将死于山。

丧命于山的人，他们轻蔑了山！

山保持沉默，是因为山较之人的口舌拥有巨大的力量；山不动声色，是因为山知道自己的一举一动会掀起多么大的波澜！

为此，他们讪笑山是沉默的哑巴，嘲弄山的冷静是无能的表现，并且他们直到葬身于山，仍然执迷不悟！

葬身于山的人，他们在山的面前过分夸大了自己。

他们以为山被征服了。

山看上去似乎被他们征服，这仅仅因为他们那微不足道的力量，不曾同山的巨大力量在战斗中较量过。

山深知以自己的威力同他们的微弱力量较量结果会如何，所以山像比赛前的勇猛斗士，在那儿轻轻打盹！

他们即便殴打正在打盹的对方，也无法把对方从假寐中惊醒。正因为如此，那些自以为征服了山的人的命运，完全掌握在山的手中。

葬身于山的人，他们甚至连自己都不了解。

山经受数万年风雨剥蚀，仍然以伟大的山的形态保持着骨和肉，它那久存不灭的巨大的块状，只因为是由泥土构成，才为人类所蹂躏。

然而，无论怎样被蹂躏，山都将泰然自若地存在下去，这也同样因为它是由泥土构成的缘故。

相反，假如人类的肉体遭到山上泥土的蹂躏，你将无法想象山的某处，曾几何时有过人类的肌体——他们早已不复存在了。

泥土堆积起来的巨块就是山。土块般的人的肌体堆积起来的巨大块状也是山。

死于山上的人，他们既不了解山，又不了解自己！

纳蕤思解说

[法国] 安德烈·纪德

> 那使人类温暖的,如果过分缺乏了它,或是充溢了它,两者都是足以致病的。
>
> ——何其芳

书本也许并非必要的东西;一点神话本来就够了,宗教就完全寄托在那里。人民惊讶于寓言的外观,因不了解而崇拜;深思的祭司们俯临意象的深处,慢慢地参透象形字的奥义,于是大家要解释了。书本阐释了神话,可是一点神话本来就够了。

纳蕤思的神话是如此:纳蕤思是十全的美——也就因此他是纯洁的。他鄙弃山林川泽的女神们,因为他恋慕自己。没有一丝风搅动泉水,他在那里,宁静地,低着头成天凝视自己的影子,你们都知道这个故事。然而我们还要讲它,一切都早就说过了,可是因为没有人信,讲了总得重新讲。

现在,没有岸也没有泉水,没有变形也没有自赏的花——什么也没有,除了纳蕤思,单剩一个纳蕤思,凝思的,孤立在灰色浮雕上。他在时间的无用的单调中感觉不安,摇曳无主的心反复自问。他想知道究竟自己的灵魂具何种形体,他觉得它该是非常可爱的,如果从它悠长的颤动上判断它;但他的面容!他的面容!啊!竟至于不知道是否爱自己⋯⋯不认识自己的美,我闹不清啊,在这幅远近场面都不相衬托的、没有线条的风景里。啊!不能够看见自己,来一面镜子!镜子!镜子!

纳蕤思,不怀疑自己的形体在什么地方,起来了,去找他所企望的轮廓以包裹自己的大灵魂。

在时间的河边上,纳蕤思停住了。岁月所穿流的、命定的、空幻的河。简单的河岸,像一副粗制的嵌水的框子,像一面没有锡泥的琉璃镜子;背后什么也看不见，背面铺着空虚的厌倦。一条阴暗的、昏沉沉的运河，一面几成水平的镜子，谁也不能由无色的周围中认出这片暗淡无光的水，要不是感觉到它在流。

从远处看，纳蕤思以为这条河是一条大路，独自一人在这一片灰色上，他厌倦了，于是挨近来看东西从那里经过。两手在边上一搁，现在他临流了，依照传说中他的那种姿势。啊，他一看之下，水面一层薄薄的外表突然变得五彩缤纷了：岸边的花，树木的干，东一块西一块倒映的蓝天，专为他而存在的、在他眼底各自生色的一片映影的奔流。于是丘陵露出来了，森林沿着山谷的斜坡也排列出来了——依照水流而波动的、波浪加以变化而形成的重重幻影。纳蕤思看得十分惊异，可是不明白，因为是互为推移的，究竟是自己的灵魂支配波浪呢，还是波浪支配它？

纳蕤思观看的地方，就是现在。从老远的将来，种种东西（还只是可能的）挤向现在，纳蕤思看见了，随即逝去了——流往过去。纳蕤思马上觉察到总是同样的东西。他寻问，于是沉思。总是同样的形体流过去，只有水的突进使它们产生差别。为什么相异？为什么相同？想必它们是不完整的了，既然它们总得重新来，而一切，他想，都向一个乐园的、结晶的、已失去的原形，努力突进。

纳蕤思梦想乐园。

沙与沫

［黎巴嫩］哈·纪伯伦

当智慧骄傲到不肯哭泣,庄严到不肯欢笑,自满到不肯看人的时候,就不成其为智慧了。

——哈·纪伯伦

诗不是一种表白出来的意见。它是从一个伤口或是一个笑口涌出来的一首歌曲。

如果你歌颂美,即使你是在沙漠中心,你也会有听众。

诗是迷醉心怀的智慧。

智慧是心思里歌唱的诗。

如果我们能够迷醉人的心怀,同时也在他的心思中歌唱,那么他就真的在神的影中生活了。

灵感总是歌唱,灵感从不解释。

能唱出我们的沉默的,是一个伟大的歌唱家。

他们说夜莺唱着恋歌的时候,把刺扎进自己的胸膛。

我们也都是这样的。不这样我们还能唱歌吗?

在母亲心里沉默着的诗歌,在她孩子的唇上唱了出来。

当你达到生命的中心的时候,你将在万物中,甚至于在看不见美的人的眼睛里,也会找到美。

友谊永远是一个甜柔的责任,从来不是一种机会。

当你背向太阳的时候,你只看到自己的影子。

"慈善"的狼对天真的羊说:"你不光临寒舍吗?"

羊回答说:"我们将以造访贵府为荣,如果你的府第不是在你肚子里的话。"

能把手指放在善恶分野的地方的人，就是能够摸到上帝圣袍的边缘的人。

怜悯只是半斤公平。

用唇上的微笑来遮掩眼里的憎恨的人是多么愚蠢啊！

奇怪的是，你竟可怜那脚下慢的人，而不可怜那心里慢的人；可怜那盲于目的人，而不可怜那盲于心的人。

当你要人们用你的翅翼飞翔，而却连一根羽毛也拿不出的时候，你是多么轻率啊！

我宁可做人类中有梦想和有完成梦想的愿望的最渺小的人，也不愿做一个最伟大的、无梦想无愿望的人。

我曾对一条小溪谈到大海，小溪认为我只是一个幻想的夸张者；我也曾对大海谈到小溪，大海认为我只是一个低估的毁谤者。

一场争论可能是两种心思之间的捷径。

当智慧骄傲到不肯哭泣，庄严到不肯欢笑，自满到不肯看人的时候，就不成其为智慧了。

执拗的人是一个极聋的演说家。

妒忌的沉默是太吵闹了。

一个羞赧的失败比一次骄傲的成功还要高贵。

在任何一块土地上挖掘，你都会找到珍宝，不过你必须以农民的信心去挖掘。

他们对我说："你能自知，你就能了解所有的人。"

一个哲学家对一个清道夫说："我可怜你，你的工作又苦又脏。"

清道夫说："谢谢你，先生。请告诉我，你做什么工作？"

哲学家回答说："我研究人的心思、行为和愿望。"

清道夫一面扫街一面微笑着说："我也可怜你。"

愿望是半个生命，淡漠是半个死亡。

只有在一个变戏法的人接不到球的时候，他才能吸引我。

人生的真谛

[美国] 亚历山大·辛德勒

尽管生命有限，然而我们在世界上的"作为"却为人织就了永恒的图景。我们建造的东西将会留存久远，我们自身也将通过它们得以久远地生存。

——亚历山大·辛德勒

人生的艺术，只在于进退适时、取舍得当。因为生活本身即是一种悖论：一方面，它让我们依恋生活的馈赠；另一方面，又注定了我们对这些礼物最终的弃绝。正如先哲们所说："人生一世，紧握双拳而来，平摊双手而去。"

最近的一件事重又启发了我。一天早上，当时住在医院里的我，得去对面病区接受几个辅助检查，于是我坐轮椅穿过一个院落。一出病房，迎面而来的阳光震撼了我的整个身心，我所有的感受只有太阳的光辉！多么美好的阳光啊，那样温煦、那样明亮、那样辉煌！我留神看了看是否还有人欣然沉醉于这金光灿烂之中。没有，人人都来去匆匆。我想到了自己平时也是如此，总是沉湎于日常事物之中，对大自然出现的胜景则全然无动于衷。

这一经历所导致的顿悟，其实与这经历本身一样，是极普通的：生活的馈赠是珍贵的，只是我们对此留心甚少。由此可知，人生真谛的要旨之一，乃是告诫我们不要只是忙忙碌碌，以致忽视生活的可叹可敬之处。虔诚地等待每一个黎明吧！拥抱每一个小时，抓住宝贵的每一分钟！

执著地对待生活，紧紧地把握生活，但又不能抓得过死，以致松不开手。人生这枚硬币，其反面正是那悖论的另一要旨：我们必须接受"失去"，学会怎样松开手。

这种教诲确是不易领受的。尤其当我们正年轻的时候，满以为这个世界将会听从我们的使唤，满以为我们用全身心的投入所追求的事业都一定会成功。而生活的现实仍是按部就班地走到我们面前，于是这第一条真理，就缓慢而又确凿无疑地显现出来。

我们在经受"失去"中逐渐成长，经过人生的每一个阶段。我们在失去母体的保护后来到这个世界上，开始独立生活；而后又要进入一系列的学校学习，离开父母和充满童年回忆的家庭；结了婚，有了孩子，等孩子长大了，又只能看着他们远走高飞；我们还要面临双亲的谢世和配偶的亡故；面对自己精力的逐渐衰退；最后我们必须面对不可避免的自身死亡——我们过去的一切生活、生活中的一切梦都将化为乌有！

但是，我们为何要屈服于生活的这种自相矛盾的要求呢？

明明知道不能将美永远留存，可我们为何还要去造就美好的事物？我们知道自己所爱的人早已不可企及，为何还要使自己的心充满爱恋？要解开这个悖论，就必须寻求一种更为宽广的视野，透过通往永恒的窗口来审度我们的人生。一旦如此，我们即可醒悟：尽管生命有限，然而我们在世界上的"作为"却为人织就了永恒的图景。我们建造的东西将会留存久远，我们自身也将通过它们得以久远地生存。我们所造就的美，并不会随我们的湮没而泯灭。我们的双手会枯萎，我们的肉体会消亡，然而我们所创造的真、善、美，则将与时间同在，永存而不朽。这就是创造的永恒，也是人生的真谛。

夜 莺

[西班牙] 麦斯特勒思

> 信仰乃憧憬之物的实质,也是未见之物的见证。
>
> ——但 丁

一

当年轻的夜莺们学会了"爱之歌",他们就四散地在杨柳枝间飞来飞去,大家都对着自己的爱人歌唱——在认识之前就恋爱了的爱人。

大家都唱给自己的爱人听,除了一只夜莺。他抬起了头,凝望着天空,并不歌唱地过了一整夜。

"他还不曾懂得那'爱之歌'哩!"其余的夜莺们互相说着,他们就用轻快的声音欢乐地、杂乱地唱着讥刺的歌。

二

他其实是知道那"爱之歌"的,然而,唉,这不幸的夜莺却在上面,在群星运行着的青青的天空中看见了一颗星,她眨着眼睛望着他。

她望着他,慢慢地、慢慢地向下沉着,在黎明之前不见了;这不幸的夜莺望着她,目不转睛地望着。在那颗星下去了之后,他仍是出神地、悲哀地等到夜间。

黑夜来了,这夜莺就歌唱着,用低低的声音——极低的——向着那颗星。歌声一天一天地响了起来,到盛夏的时候,他已经用响响的声音歌唱了,很响的——他整夜地唱着,并不望一望旁边。而天上呢,那颗星眨着眼,永远地望着他,似乎是很快乐地听着。

等到这爱情的季节一过去,夜莺们都静下了,离开了杨柳树,今天这一只，明天别的一只。这不幸的夜莺却永远地停在最高的枝头，向着那颗星歌唱。

三

许多的夏季过去了，新爱情赶走了旧爱情，而那"爱之歌"却永远是新鲜的，每一只夜莺都向着自己的新爱人歌唱……但是这不幸的夜莺还是向那颗星唱着。

在夜里，并不引人注意的，在他的周围，已经有比他更年轻的声音歌唱着了。在夜里，简直并没想到他的兄弟们全都死掉了。这向天上望着的、向那颗星歌唱着的夜莺，从最高的枝头跌下来死了。

那时候，那些年轻的夜莺们——每夜向着他们的新爱人唱着歌的那些——不再歌唱了，他们用杨柳叶掩盖了他，说他是一切夜莺中最伟大的诗人。可是他们却永远不会知道，他正是在杨柳树间的一切夜莺中受了最多的苦难的。

呼吸英雄的气息

[法国] 罗曼·罗兰

脱尽"气习"二字，便是英雄。

——吕　坤

  我们周围的空气多么沉重！老大的欧罗巴在重浊与腐败的气氛中昏迷不醒。鄙俗的物质主义镇压着思想，阻挠着政府与个人的行动。社会在乖巧卑下的自私自利中窒息而死，人类喘不过气来。打开窗子吧！让自由的空气重新进来！呼吸一下英雄们的气息。

  人生是充满苦难的。对于不甘于平庸、凡俗的人，那是一场无休无止的斗争，往往是悲惨的、没有光华的、没有幸福的、在孤独与静寂中展开的斗争。贫穷、日常的烦虑、沉重与愚蠢的劳作压在他们身上，无益地消耗着他们的精力，没有希望，没有一道欢乐之光，大多数还彼此隔离，连对患难中的弟兄们伸出援手的安慰都没有。他们不知道彼此的存在，他们只能依靠自己，可是有时连最强的人都不免在苦难中蹉跌。他们求助，求一个朋友。

  为了援助他们，我才在他们周围集合一些英雄的友人，一些为了善而受苦的伟大的心灵。这些"名人传"① 不是向野心家的骄傲申说的，而是献给受难者的。实际上谁又不是受难者呢？让我们把神圣的、苦痛的油膏，献给苦痛的人吧！我们在战斗中不是孤军。世界的黑暗，受着真理之光的烛照。即便是今日，在我们近旁，我们也看到两朵最纯洁的火焰闪耀着，

---

 ① 罗曼·罗兰的《贝多芬传》、《米开朗琪罗传》、《托尔斯泰传》合称为"名人传"。

那便是正义与自由：毕加大佐和蒲尔民族①。即使他们不曾把浓重的黑暗一扫而空，至少他们在一闪之下已给我们指点了大路。跟着他们走吧，跟着那些散在各个国家、各个时代的孤独奋斗的人走吧！让我们来摧毁时间的阻隔，使英雄的种族再生！

我称其为英雄的，并非以思想或强力称雄的人，而只是靠心灵而伟大的人。好似他们之中最伟大的一个，就是我们要叙述他的生涯的人所说的："除了仁慈以外，我不承认还有什么优越的标记。"没有伟大的品格，就没有伟大的人，甚至也没有伟大的艺术家、伟大的行动者，所有的只是些空虚的偶像、匹配卑俗的灵魂，时间会把他们一齐摧毁。成败又有什么相干？主要是成为伟大，而非显得伟大。

这些传记中的人的生涯，几乎都是一种长期的受难：或是悲惨的命运，使他们灵魂在肉体与精神的苦难中遭受磨折，在贫穷与疾病的铁砧上受到锻炼；或是目击同胞受着无名的羞辱与劫难，而生活为之戕害，内心为之破裂。他们永远过着磨难的日子，他们固然由于毅力而成为伟大，可是也由于灾患而成为伟大。所以，不幸的人啊，切勿过于怨叹，人类中最优秀的分子和你们同在！汲取他们的勇气做我们的养料吧！倘使我们太懦弱，就把我们的头枕在他们膝上休息一会吧！他们会安慰我们。在这些神圣的心灵中，有一股清明的力量和强烈的慈爱，像激流一般飞涌出来。甚至无须探询他们的作品或倾听他们的声音，就在他们的眼里、他们的行述里，即可看到生命从没有像处于患难时那么伟大、那么丰满、那么幸福。

在此英勇的队伍内，我把首席给予坚强与纯洁的贝多芬。他在痛苦中还曾希望他的榜样能支持别的受难者，"但愿不幸的人，看到一个与他同样不幸的遭难者，不顾自然的阻碍，竭尽所能地成为一个不愧为人的人，而能借以自慰"。经过了多少年超人的斗争与努力，克服了他的苦难，完成了他所谓"向可怜的人类吹嘘勇气"的大业之后，这位胜利的英雄，回答一个向他提及上帝的朋友时说道："噢，人啊，你当自助！"

我们对他的这句豪语应当有所感悟。依着他的先例，我们应当重新鼓起对生命、对人类的信仰！

---

① 毕加大佐为昭雪"特莱弗斯事件"（法国历史上的一大冤案）的最初殉难者，故作者以之代表正义。蒲尔民族为南非好望角一带的荷兰人，在蒲尔战争中反抗英国的殖民统治并获得胜利，故作者以之代表自由的火焰。

断　崖

[日本] 德富芦花

断崖，断崖，人生处处多断崖！
得救的，是他，不也是我吗？

——德富芦花

一

从某小祠到某渔村有一条小路，路上有一处断崖，其间有二百多丈长的羊肠小道从绝壁边通过。上是悬崖，下是大海。行人稍有一步之差，便会从数十丈高的绝壁上翻落到海里，被海里的岩石撞碎头颅，被乱如女鬼头发的海藻缠住手脚。身子一旦堕入冰冷的海水中，就会浑身麻木，默默死去，无人知晓。

断崖，断崖，人生处处多断崖！

二

某年某月某日，有两个人站在这绝壁边的小道上。

后边的是他。他是我的朋友，竹马之友；也是我的敌人，不共戴天之敌。

他和我同乡，生于同年同月，共同荡一只秋千，共同读一所小学，共同争夺一位少女。起初是朋友，更是兄弟，不，比兄弟还亲；而今却变成仇敌——不共戴天的仇敌。

他成功了，我失败了。

同样的马，从同一条起跑线上出发，是因为脚力不同吗？一旦奔跑起来，那匹马落后了，这匹马领先了。有的偏离跑道，越出了范围；有的摔倒在地。真正平安无事地跑到前头获得优胜的是极少数。人生也是这样的。

在人生的赛马场上，他成功了，我失败了。

他踏着坦荡的路，获取了现今的地位。他家丰盈富足，他的父母疼爱他。他从小学经初中、高中、大学，又考取了研究生，取得了博士学位。他有了地位，得到了官职，聚敛了这么多财富。而财富往往使人赢得难于到手的名誉。

当他沿着成功的阶梯攀登时，我却顺着失败的阶梯下滑：家中的财富在日渐减少，父母不久也相继去世，未到十三岁我就只得独立生活了。然而，我有一个不朽的欲念。我要努力奋斗，自强不息。可是，正当我临近毕业的时候，剥蚀我生命的肺病突然袭上身来。一位好心肠的外国人可怜我的病体，他在回国时把我带到那个气候和暖、空气清新的国家去了。病状逐渐减轻。我在这位恩人的监督下，准备功课，打算投考大学。谁知恩人突然得急症死了，于是我孑然一身，漂流异乡。我屈身去做用人，挣了钱想寻个求学的地方。这时，病又犯了，只得返回故国。在走投无路、欲死未死的当儿，又找到了一个活路。我做了一名翻译，跟着一个外国人，来到了海水浴场，而且同二十年前的他相遇了。

二十年前，我俩在小学校的大门前分手，二十年后再度相逢。他成了明治天下一名地位显赫的要人，而我是一名半死不活的翻译。二十年的岁月，把他捧上成功的宝座，把我推进失败的深渊。

我能心悦诚服吗？

成功能把一切都变成金钱。失败者低垂的头颅尽遭蹂躏，而胜利者的一举一动都被称为美德。他以未曾忘记故旧而自诩，对我以"你"相称，谈起往事乐呵呵的，一提到新鲜事就说一声"对不起"。但是他却显得扬扬自得，满脸挂着轻蔑的神色。

我能心悦诚服吗？

我被邀请去参观他的避暑住居。他儿女满堂，夫人出来行礼，长得如花似玉。谁能想到这就是我同他当年争夺的那位少女！

我能心悦诚服吗？

不幸虽是命中注定，但背负着不幸的包袱却是容易的吗？不实现志愿绝不止息。未成家，未成名，孤影飘零，将半死不活的身子寄于人世，即使是命中注定，也不甘休。然而现在我的前边站着他。我记得过去的他，并且我看到他正在嘲笑如今的我。我使自己背上了包袱，他在嘲笑这样的包袱。怒骂可以忍受，冷笑无法忍受。天在对我冷笑，他在对我冷笑。

不是说天是有情的吗？我心中怎能不愤怒呢？

三

某月某日，他和我站在绝壁边的那条羊肠小道上。

他在前，我在后，相距只有两步。他在饶舌，我在沉默。他甩着肥胖的肩膀走着，我一步一步地拖着枯瘦的身体，喘息、咳嗽。

我的眼睛不由自主地向绝壁下面张望。断崖十仞，碧海百尺。只要动一下指头，壁上的人就会化作海底的鬼。

我掉转头，眼睛依然望着绝壁下。我终于冷笑了，瞧着他那宽阔的背，一直凝视着，一直冷笑着。

突然一阵响动，一声惊叫进入我的耳孔，他的身子已经滑下小道。为了不使自己坠落下去，他拼命抓住一把茅草。手虽然抓住了茅草，身子却悬在空中。

"你！"

就在这一秒之内，他那苍白的脸上骤然掠过恐怖、失望和哀怨之情。

就在这一秒之内，我站在绝壁边的小道上，心中顿时涌起过去和未来复仇的快感、怜悯。各种复杂的情绪在心中搏击着。

我俯视着他，伫立不动。

"你！"他哀叫着拽住那把茅草。茅草发出沙沙的响声，根子眼看就要被拔掉了。

刹那间，我趴在绝壁边的小道上，顾不得病弱的身子，鼓足力气把他拖了上来。

我面红耳赤，他脸色苍白。一分钟后，我俩相向站在小道上。

他怅然若失地站了片刻，伸出血淋淋的手同我相握。

我缩回手来，抚摩一下剧烈跳动的胸口，站起身来，又瞧了瞧颤抖的手。

得救的，是他，不也是我吗？

我再一次凝视着自己的手。

四

翌日，我独自站在绝壁边的道路上，感谢上天，是它拯救了我。

断崖十仞，碧海百尺。

啊，昨天我曾经站在这座断崖之上吗？这难道不就是我一生的断崖吗？

远与近

[美国] 托马斯·沃尔夫

> 在这片陌生而又不容置疑的大地面前,他心里充满了怀疑、恐惧和厌倦。那块土地离他不过一箭之遥,然而他没有看过一眼,也不了解。
>
> ——托马斯·沃尔夫

在小镇郊外离铁路不远的土坡上,有一座装有别致的绿色百叶窗的洁白的小木屋。屋子的一侧是个园子,里面的几块菜地构成整齐的图案,还有一个在八月末结着熟葡萄的架子。屋前有三棵大橡树,夏天它们以浓密的树荫遮蔽着小屋。另一侧,生机盎然地长着一溜鲜花,成为这座小木屋与邻居的界线。整个环境弥漫着一种整齐、节俭而又朴素的舒适气氛。

每天下午两点过几分,就有一辆区间特快列车路过这里。这时,这个刚在附近的小镇上停下喘了口气的庞然大物,正开始有节奏地伸展开身体,但还没有达到它全速前进的可怕程度。它从从容容地跃入视野,随着蒸汽机强有力的转动,它一掠而过,沉重的车厢压在铁轨上,发出一阵低沉、平和的隆隆声,然后便消失在远处的弯道上了。每隔一段距离,火车便将浓烟喷向铁道旁草地的上方。起先,从它喷出浓烟的吼叫声中可以听出它在前进。最后,一切都听不见了,只有那速度稳定而有节奏的车轮声,渐渐消失在下午令人困倦的寂静中。

二十多年来,每当这列火车驶近小屋时,司机就拉响汽笛。听见这信号,便有一个女人出现在小屋后面的门廊里并向他挥手。最初,她身边偎依着一个很小的孩子;现在这孩子已经长成一个体态丰满的姑娘,每天,她仍旧和母亲一块儿到门廊处去向他招手。

司机就这样常年开着车。他老了,头发变得灰白。他曾经驾驶着他那重载的、满员的巨大火车,上万次地穿越大地。他自己的孩子已经长大成人,而且结了婚。曾有四次,在前方的轨道上,他看见酿成悲剧的可怕的黑点,凝聚着恐惧的阴影,像炮弹一样朝着车头直射过来——一次是一辆轻便马车,车上挤满一排排面容惊恐的孩子;另一次,一辆蹩脚的汽车在铁轨上抛锚,车上的人都吓得呆若木鸡;还有一次,一个衣衫褴褛的流浪汉走在铁路边,他又老又聋,完全听不见鸣笛的警告;又有一次,有人忽然尖叫着从车窗里跳了出去。这一切他都看见了、懂得了,凡是像他这样的人所能了解的悲哀、欢乐、危险以及劳累,他都遇到过。在那忠实的服务中,他饱经风霜,变得满脸皱纹。他的工作使他养成了尽忠职守、勇敢和谦恭的品质。现在他老了,具备了他这一类人特有的那种尊严和智慧。

　　但是,不管他见过什么样的危险和悲剧,它们在他脑海里留下的印象都不如那座小屋和那挥动胳膊大胆而自由地向他招手的女人来得深刻。这印象美好而持久,超然于一切变更和毁灭之上,不管遇到什么样的不幸、悲哀和过失,这情景打破了他日复一日铁一般的时间表,它总是永恒不变的。

　　一看见这座小屋和两个女人,他就体验到一种从未有过的、极不寻常的幸福。他曾在一千种光线、一百种天气里见过她们。他在冬天灰白而刺目的阳光下,隔着凝霜遍布的田野,远望过她们;他也在魔术般诱人的绿色四月里看见过她们。

　　在她们身上,在她们所居住的那间小屋上,他怀着一种父亲对亲生孩子才有的那种柔情。她们生活的图景如此鲜明地刻印在他心中,终于,他认为自己已完全了解了她们的生活,直至她们一天中的每一小时、每一分、每一秒。最后,他决定将来当他退休时,他一定要去寻找她们,对她们说说话儿。因为他的生活和她们已经如此紧密地融成一体了。

　　这一天来到了。司机终于走下火车,踏上月台,到达了那两个女人居住的小镇。他在铁轨上往返的岁月终结了。他现在只是铁路公司里享受养老金的职工,没有什么工作要做了。他慢慢地踱出车站走到街上。小镇里的一切都显得这么不熟悉,就像他以前从未见过它一样。他走着走着,渐渐生出一种困惑、慌乱的感觉。这果真是他经过了上万次的那个小镇吗?这些房屋难道真是他从驾驶室的高窗向外看到的那些房屋吗?一切就像梦中的城市那样生疏、嘈杂。他走着,茫然失措的感觉愈加强烈了。

　　突然,房屋渐渐稀疏了,四散成小镇边区的村落,大街也消失了,现在,展现在眼前的是村道——那两个女人就住在这条路的旁边。他在炎热和尘土中拖着沉重的脚步缓慢地走着,最后终于站在他所搜寻的那座房屋面前了。他一看就知道自己找对了地方。他看到屋前那高大的橡树、花坛、菜园和葡萄架，以及远处闪光的铁轨。

是的，这正是他所要找寻的那座房子，他开车多次经过的那块地方，他怀着如此幸福的感情所一心向往的目的地。那么现在，他既然已经找到了它，他既然已经来到这儿，为什么他的手还畏缩着不敢推门？为什么这城镇、这道路、这土地、这通往他热爱之地的入口，却变成像某些丑恶的梦境中的景色一样那么陌生呢？为什么现在他感到这么彷徨、怀疑和绝望呢？

最后，他走进篱门，慢慢地沿小路走着，不久便登上了通往门廊的三级矮石阶。他敲了敲门，很快便听见大厅里有脚步声。门开了，一个女人站在他面前。

顷刻间，他感到一阵极度的失望和伤心，而且后悔来到这儿。他一眼就认出：现在站在面前以一种不信任的目光看着自己的女人，正是原来那个曾经向他招过千万次手的女人。但她的面容却生硬而消瘦，脸上的肌肉因松弛而无力地垂着，形成黄黄的褶皱，两只小眼睛里充满猜疑，胆怯地、惴惴不安地打量着他。看到这般情景，听到那不友好的言语，所有那一切，那种他从她的招手中所领悟到的那股大胆、自由和亲热劲儿，立即消失得无影无踪。

现在，他试图解释，告诉她自己是谁，为什么会来到这儿。他觉得自己的声音听上去不但不真实，而且可怕。但他还是支支吾吾地说下去，顽固地抑制着涌上心头的那种悔恨、慌乱和疑惧交集之感。这种感觉在他的心中不断地上涌，淹没了他当初的全部欢乐，并使得他为自己那充满希望和温情的举动感到羞愧。

最后，这女人几乎是不情愿地邀请他进屋，高声而刺耳地叫进了她的女儿。他感到一阵难堪，坐在一间又小又丑的客厅里，竭力找一些话说，而两个女人看着他，目光里含有呆滞的、困惑不解的敌意和阴沉的、畏怯的拘谨。

后来他结结巴巴地简单地说了声"再见"，便离开了。他沿着小路走了，再顺着大道走到镇上。突然间，他意识到自己已经是一个老人了。对着那伸向远方的熟悉的铁轨时，他内心曾是那样勇敢，而且充满自信；现在，在这片陌生而又不容置疑的大地面前，他心里充满了怀疑、恐惧和厌倦。那块土地离他不过一箭之遥，然而他没有看过一眼，也不了解。他明白了，他刚失去了光闪闪的铁路的一切魔力。那条明亮的铁轨引向的远景，还有他怀着希望追求着的美好的小小世界里那一块幻想的角落，也都一去不复返，再也寻不到了。

夏克玲和米劳

[法国] 阿纳托尔·法朗士

你们将被命名为人类,也由这个名字了解人类。但是,较有远见的,还得是身为人类的。而得不到命名的,也同样还是人类。

——歌 德

夏克玲和米劳是朋友。夏克玲是一个小女孩,米劳是一只大狗。她们来自同一个世界,她们都是在乡下长大的,因此她们对彼此的理解都很深。她们彼此认识了多久呢?她们也说不出来。这都是超乎一只狗和一个小女孩记忆之外的事情。除此以外,她们也不需要认识,她们没有希望,也没有必要认识任何东西。她们所具有的唯一概念是,她们好久以来——自从有世界以来——她们就认识了,因为她们谁也无法想象宇宙会在她们出生之前就已经存在。按照她们的想象,世界也像她们一样,既年轻又单纯,也同样地天真烂漫。夏克玲看米劳,米劳看夏克玲,都是彼此彼此。

米劳比夏克玲要大得多,也强壮得多。当它把前脚搁到这孩子的肩上时,它足足比她高一个头和胸。它可以三口就把她吃掉,但是它知道,它觉得她身上具有某种优良的品质,虽然她很幼小,但她是很可爱的。它崇拜她,它喜爱她。它怀着真诚的感情舔她的脸。夏克玲也爱它,是因为她觉得它强壮和善良。她非常尊敬它,她发现它知道许多她所不知道的秘密,而且在它身上还可以发现地球上最神秘的天才。她崇敬它,正如古代人在另一片天空下崇敬树林里和田野上的那些粗野的、毛茸茸的神仙一样。

但是有一天她看到一件令人惊奇的怪事,使她感到迷惑和恐怖:她看到她所崇敬的神物、大地上的天才、她那毛茸茸的米劳神被一根长皮带系在井旁边的一棵树上。她凝望着、惊奇着。米劳也诚实而有耐性地望着她。它不知道自己是一个神,一个多毛的神,因而也就毫无怨言地戴着它的带子和套圈,一声不响的。但夏克玲却犹疑起来了,她不敢走近前去,她不理解她那神圣和神秘的朋友为何现在成了一个囚徒。一种无名的忧郁笼罩着她整个稚嫩而柔弱的灵魂……

美

[前苏联] 邦达列夫

美是奇异的。它是艺术家从世界的喧嚣和他自身灵魂的磨难中铸造出来的东西。

——叔本华

人如同感知般的对大自然的反映是否就是美的真谛？

我在想，我们的地球，这宇宙中鲜花盛开的神奇花园，连同它的日出日落、空气清新的早晨、星光闪烁的夜晚、冰冻的严寒、炎热的太阳，连同它全部的光明、凉快的阴影、七月的彩虹、夏秋的薄雾、雨水和白雪，如果这些都不复存在，我们的这个地球便无可补救地变成了无人的荒漠。好吧，请想象一下：在地球上再也没有人——在城市的石头走廊上，在荒野的草地上，到处只是一片沙沙作响的空旷，没有一点人声、笑声，甚至也没有一声绝望的喊叫来打破这沉寂。

在这空无一人的冰冷的寂静中，我们美丽的地球立即就失去了作为宇宙空间里人类之舟和尘世谷地的最高意义，并且它的美一下子就丧失殆尽，消失得无影无踪。因为没有了人，美也就不能在他身上和他的意识里反映出来，不能为他所认识。那么美又对谁而言，对何而言？

美不能像精确的思维和细致的理智一样能自我认识。美中之美和为美而美是毫无意义的，是荒谬的和不现实的。事实上，这就像为理智的理智一样，在这种消耗性的身心内省中没有自由的竞争，没有吸引和排斥，没有活的呼吸，因而它注定要死亡。

美必须要有反映，要有明智的评价者，有善良或赞赏的旁观者。须知，美感，是生活、爱和希望的感受，是对永生的臆想的信心。因为美好的感觉会唤起我们生的愿望。

美与生命连在一起,生命与爱连在一起,而爱则和人类连在一起。一旦这些联系的纽带中断,大自然中的美就会和人类一起灭亡。

死亡的地球上最后一位艺术家所写的书,尽管它富有天才的结构并呈现出和谐的美,至多也只是一堆废纸和垃圾。因为书的目的不是对着虚无喊叫,而是在另一个人的心灵中引起反应,是思想的传递和感情的转移。

汇集了全部美的世界上所有的博物馆、所有的绘画杰作,如果离开了人类,看起来就像是一些可怕的、五颜六色的破板棚。

没有人类的艺术的美会变得乖戾而丑陋,就是说变得比自然的丑更无法忍受。

幸福的童话

[德国] 埃里希·凯斯特纳

幸福是灵魂的一种香味,是一颗歌唱的心的和声。而灵魂的最美的音乐是慈悲。

——罗曼·罗兰

小酒馆烟熏火燎的棚壁显得格外昏暗。坐在我对面的老人大概有七十岁,头顶一层银亮的白发,像覆盖着一层薄雪;双眼如同擦亮的冰道,闪出锐利的光芒。"有些人很蠢,"他说着摇了摇脑袋,使我感到即刻会有雪花从他头上飘下来,"他们以为幸福是熏肠,可以每天切下一片!""是啊,"我说,"幸福当然不是熏肠,尽管……""尽管?""尽管看起来正像您家烟道里挂着的火腿一样,您的幸福可以随时拿来享用。""我是个例外,"他呷了一口酒,说,"我是例外,因为我始终保留着一个愿望……"他的目光在我脸上审视了一会儿,然后就开始讲他的故事。

"那是很久以前啦,"老人用双手支住头,"很久了,四十年啦!那时我还年轻,却像患了牙疼一样天天忍受着生活的痛苦。一天中午,我懒洋洋地蜷在公园绿色的长椅上,这时一位老人坐到我身边对我说:'这样吧,让我们先想一想,然后随便讲出心中的三个愿望。'我依旧盯着手里的报纸,无动于衷。'说说看,你究竟想要什么?'老头并不罢休,'漂亮女人、大把的钞票,还有时髦的小胡子——无非是这些!你最终会如意的,年轻人。但是你现在的愁眉苦脸实在令人不安!'老头看上去像个穿了便装的圣诞老人:白色的络腮胡,红苹果似的脸蛋,眉毛像用来装饰圣诞树的白棉絮。倒看不出有什么不正常,或许只是过于热心了一点。对他上上下下打量了一番之后,我重新凝视我的报纸。"

"您生气了?"

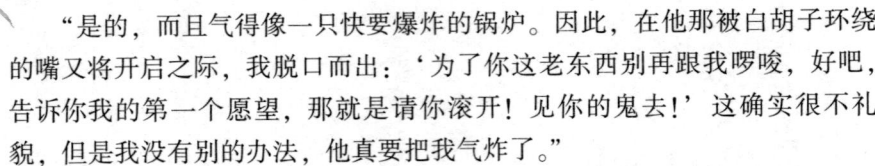

"是的,而且气得像一只快要爆炸的锅炉。因此,在他那被白胡子环绕的嘴又将开启之际,我脱口而出:'为了你这老东西别再跟我啰唆,好吧,告诉你我的第一个愿望,那就是请你滚开!见你的鬼去!'这确实很不礼貌,但是我没有别的办法,他真要把我气炸了。"

"后来呢?"

"后来?"

"他走了吗?"

"啊,当然。像被风吹走了一样,一秒钟之内踪影全无,我甚至连长椅下面都找过了,但是哪儿都没有。我开始害怕起来,难道我说的话要应验了吗?难道这第一个愿望已经成为现实?我的天!如果真是这样,那么我好心的、亲爱的老爷爷就不仅是离开这儿,不仅是从这张长椅上消失,而是跑到地狱'见鬼'去了!'别犯傻,'我安慰自己,'地狱不存在,魔鬼也不存在。'但是那三个愿望究竟能不能兑现?即便不能,我也不希望老人就这样消失。我站在那儿,一身热汗接着一身冷汗,膝盖不住地发抖。究竟该怎么办?不论有没有地狱,也必须让那位老人回来。我对他深感歉疚,也许该就此许下我三个愿望中的第二个?唉!我这笨蛋!或者,就让那长着漂亮的红脸蛋的老头子爱去哪儿去哪儿吧!我战战兢兢,迟疑不决,但最终还是别无选择。我闭起眼睛小心翼翼地念叨:'我希望,老人能重新坐到我身边来。'当时我找不到别的办法,也确实没有别的办法。"

"后来呢?"

"后来?"

"他又回来了吗?"

"啊,当然。一秒钟之内他又重新坐在了我身边,就像从没消失过。看样子老人确实是去了地底下那个……那个很热、很令人不快的地方。他浓密的眉毛已经有点烧焦,漂亮的络腮胡,特别是胡须的边沿已经被烫得卷曲,散发出一种烤鹅的焦味。老人责怪地看了我一眼,就从胸前的口袋里掏出一把小梳子梳理胡子和眉毛,并很委屈地对我说:'您听着,年轻人,这么干可不好!'瞧瞧我都干了什么呀!我结结巴巴地道歉,说我实在没想到那愿望果真会成为现实。不过既然如此,我也只有千方百计去弥补自己的过失了。'这就对了!'老人说,'只可惜时间不多啦!'说完老人竟然笑了,那笑容非常友好,使我几乎热泪盈眶。'这么说,我们还保留着一个愿望,'他说,'也就是第三个。但愿你能对它稍微认真一点,能答应我吗?'

我点头，使劲咽了口唾沫。'好，'我回答，'只要您肯原谅我。'于是老人又笑了：'好的，我的孩子！'他把手伸给我，'好好过，日子不会太坏的！但要留心那最后一个愿望，嗯？''我保证！'我庄严地回答。忽然间老人又不见了，像被风吹走了一样。"

"后来呢？"

"后来？"

"从那以后您过得很幸福吗？"

"是啊——幸福吗？"老人站起身，从衣架上取下帽子和大衣，明亮的双眼直直地望着我，说，"这最后一个心愿是我珍藏了四十年的，有时候我险些把它说出来，但是我终究没有那么做。愿望只在它没有实现的时候，才会让你感到愉快。好好过，年轻人。"

我从窗口望出去，目送那老人裹挟着一团飞舞的雪花穿过街道。他竟然忘了告诉我，这些年他到底是不是很幸福。或许他是有意不回答？当然，这也可能。

山　口

[瑞士] 黑　塞

> 古老、优美的譬喻使我感到这个时刻的神圣。每一条道路都引领我们流浪者回家。
> ——黑　塞

　　风在勇敢的小道上吹拂。树和灌木留在下面，这里只生长石头和苔藓。没人到这里来寻觅什么，没人在这里有产业，农民在这上面也没有干草和木材。但是，远方在召唤，眷念在燃烧，眷念在岩石、泥沼和积雪之上筑成这条宜人的小道，通往另一些山谷、另一些房屋、另一些语言和人群。

　　到了山口的高处，我站住脚。往下的道路通向两侧，水也流向两侧。在这高处，紧挨着的、手携手的一切，都找到了各自的道路，通往两个世界。我的鞋子轻轻触过的小水潭泻向北方，它的水流入遥远的、寒冷的大海。紧挨着小水潭有一小堆残雪，一滴滴雪水流向南方，流向利古里亚和亚得里亚海岸后汇入地中海，地中海的边缘是非洲。但是，世界上所有的水都会重逢，冰海和尼罗河融合成潮湿的云团。这古老、优美的譬喻使我感到这个时刻的神圣。每一条道路都引领我们流浪者回家。

　　我的目光还可以选择，北方和南方还都在视野之内。再走五十步，我眼前展开的就只有南方了。南方从浅蓝色的山谷里向山上呼出多么神秘的气息啊！我的心多么急切地迎着它跳动啊！对湖泊和花园的预感，葡萄和杏仁的清香向山上飘来，还有关于眷念和罗马之行的古老而神圣的传说。

　　回忆像远方山谷里的钟声，从青春岁月里向我传来：我首次去南方旅行时的兴奋心情，我如何陶醉地吸着蓝色湖畔的花园里浓郁的空气，夜晚时又如何侧耳倾听苍白的雪山那边遥远的家乡的声息！在古代神圣的石柱前第一次祈祷！第一次像在梦中那样观赏褐色岩石背后泛起白沫的大海的景象！

　　陶醉的心情不复存在了，向我全身心的爱展示美丽的远方和我的幸福的那种愿望，也不复存在了。我心中已不再是春天，而是夏天。陌生人向站在高处的我致意，那声音听来另是一种滋味。它在我胸中的回响更无声息。我没有把帽子抛到空中，我没有歌唱。

　　但是我微笑了，不只是用嘴。我用灵魂、用眼睛、用全身的皮肤微笑。我用不同于从前的感官，去迎向那为山上送来芳香的田野，它们比从前更细腻、更沉静、更敏锐、更老练，也更含感激之情。今天，这一切比往昔越发为我所有，同我交谈的语言更加丰富，增加了成百倍的细腻程度。我的如醉的眷恋不再去描绘那些想象朦胧远方的五彩梦幻，我的眼睛满足于观看实在的事物，因为它们已经学会了观看。从那时起，世界已变得更加美丽。

　　世界已变得更加美丽。我独自一人，并且不因为孤单而苦恼。我别无其他愿望。我准备让太阳把我煮熟。我渴望成熟。我准备去死，准备再生。

　　世界已变得更加美丽。

古九谷瓷瓶

[日本] 井上靖

人生在失去所有的意思和意义的一瞬间，是最意味深长的。

——黑 塞

桑木大二郎在能登半岛 W 镇看到一只古九谷小瓷瓶①，还附有鉴定标志，证明是宽文年代②的珍品。这是十多年以前的事了。

那时，大二郎结婚还只有两三年光景，现在大女儿已经上中学了。当时他是因公司的事而出差到 W 镇的。这是个渔镇，全镇弥漫着鱼腥味儿。

他在一家古董商店不太整洁的橱窗里发现这只红花小瓷瓶时，异常惊奇，心想：要是能亲手托着欣赏一下，那该有多美呀！

一问价钱，回答是 500 元。

"500 元！"

对于月薪只有 70 元的他来说，价钱实在太高了。

"要是 200 元么，倒还可以……"

"别开玩笑。在古九谷瓷器中，它也算是最古老的，这可是我家的传家宝啊！"

一眼可以看出，这位四十开外的商人脾气执拗，即使让他减一分钱他也是不会答应的。

说起来兴许有些夸张吧。实际上，桑木大二郎自从在能登半岛 W 镇上见到古九谷瓷瓶到如今，十年中简直是被迷住了心窍。他曾先后五次借口有公事跑到 W 镇，欣赏这个古瓷瓶。他越看越想买，然而对于工资微薄的

---

① 指日本石川县南部九谷产的古瓷器。
② 指 1661—1672 年。

他来说，那瓷瓶真不啻是悬崖峭壁上的一朵鲜花。

最近一次，即第五次看到那只古瓶，是在前年夏天。不管时代怎样变迁，只有那只瓷瓶依旧摆在临海的不太干净的橱窗里，只是十年前500元的价钱已经涨到70000元。

据物主说，十年中间，这里遭到过一次海啸袭击，近期失火一次，即便在这种时候，最先被抢出屋子的总是这个瓷瓶。在战争打得最激烈的时候，他还专门修了一座水泥防空洞收藏它呢。

从前年夏天至今的整整两年中，桑木大二郎在生活上节衣缩食，连旁人都觉得他实在可怜。这是由于大二郎已下定决心，说什么也得从本来就够拮据的开支中挤出70000元钱来。

为了能登半岛上的这只瓷瓶，他的妻子连尼龙圆裙都舍不得买一条，大女儿竟连郊游也都不能去了。有时，大二郎也想过，这样做，大人孩子真可怜。可他自己也戒了烟酒，和同事的交际应酬之类的一切都给免掉了，为了瓷瓶，他什么都不惜牺牲。

这样，他好不容易凑齐了70000元钱，摆在那家古董店脏乱程度与当年无二的柜台上。

"其实，我也是最近才听说的，这是假的呀。前些日子，家父去世十三周年那天，母亲告诉我，父亲在世时说过，那是假的。于是，我拿到金泽市，请大学的先生鉴定，果真是假的！"

十年前满头蓬松的乌发如今一根不剩的店主，仿佛有些过意不去似的说完后，脸上泛起一丝苦笑。

大二郎一听说那是假的，顿时觉得瓷瓶黯然失色。但是，一想起这十年来的执著、这两年的苦日子，他还是想弄到手。然而，物主却执意不肯脱手，尽管得知它不是真品，对它有些漫不经心，却似乎依然对它怀有一种莫名其妙的偏爱。

结果，大二郎以2000元成交。这价格，比真货便宜，但比赝品要贵。当夜，他和店主把瓷瓶放在两人中间，一起对饮。

不知为什么，两人只是默默无言地举杯，直到皎月临窗。

冬日漫步

[美国] 梭 罗

在有限精神的理解力外,有完全的存在——如果能有这种想法,我们就是拥有无限概念的人。

——歌 德

风轻轻地低声吹着,吹过百叶窗,吹在窗上,轻软得好像羽毛一般;有时候数声叹息,几乎叫人想起夏季长夜漫漫和风吹动树叶的声音。田鼠已经舒舒服服地在地底下的楼房中睡着了;猫头鹰安坐在沼地深处的一棵空心树里面;兔子、松鼠、狐狸都躲在家里安居不动;看家的狗在火炉旁边安静地躺着;牛羊在栏圈里一声不响地站着。大地也睡着了——这不是长眠,这似乎是它辛勤一年以来的第一次安然入睡。时虽半夜,大自然还是不断地忙着,只有街上的商店招牌或是木屋的门轴上,偶尔轻轻地发出咯吱的声音,给寂寥的自然添一些慰藉。茫茫宇宙,在金星和火星之间,只有这些声音表示天地万物还没有全体入睡。我们想起了远处(就在心里头吧?)还有温暖,还有神圣的欢欣和友朋相聚之乐,可是这种境界只有当天神们互相往来时才能领略,凡人是不胜其荒凉的。天地现在是睡着了,可是空中还是充满了生机,鹅毛片片,不断地落下,好像有一个北方的五谷女神,正在向我们的田地上撒下无数银色的谷种。

我们也睡着了,一觉醒来,正是冬天的早晨。万籁无声,雪厚厚地堆着。窗台上像是铺了温暖的棉花,窗格子显得加宽了,玻璃上结了冰纹,光线暗淡而恬静,更加强了屋内舒适、愉快的感觉。早晨的安静,似乎静在骨子里。我们走到窗口,挑了一处没有被冰霜封住的地方,眺望田野的景色。可是我们单是走这几步路,脚下的地已经在吱吱作响。窗外一幢幢的房子都是白雪盖顶;屋檐下、篱笆上都累累地挂满了雪条;院子里像石笋似的站了很多雪柱，雪里藏的是什么，我们却看不出来，大树小树从四面八方伸出白色的手臂，指向天空；本来是墙壁篱笆的地方，形状更是奇怪。在昏暗的大地上面，它们向左右延伸，如跳如跃，似乎大自然一夜之间把田野风景重新设计过，好让人间的画师来临摹。

我们悄悄地拔去了门闩，雪花飘飘，立刻落到屋子里来。走出屋外，寒风迎面扑来，利如刀割。星光已经不这么闪烁光亮，地平线上笼罩着一层昏昏的铅状的薄雾。东方露出一种奇幻的古铜色的光彩，表示天快要亮了。可是四面的景物却还是模模糊糊的，一片幽暗，鬼影幢幢，疑非人间。耳边响起各种声音：鸡啼狗吠、木柴的砍劈声、牛群的低鸣声，声音本身并没有特别凄凉之处，只是天色未明，这种种活动显得太庄严了、太神秘了，不像是人间所有的。院子里的雪地上，狐狸和水獭所留下的脚印犹新，这使我们想起：即使在冬夜最静寂的时候，自然界中的生物没有一个钟头不在活动，它们还在雪地上留下痕迹。

把院门打开，我们以轻快的脚步，踏上寂寞的乡村公路。雪干而脆，脚踏上去发出破碎的声音。早起的农夫，驾了雪橇，到远处的市场去赶早市。这辆雪橇一夏天都在农夫的门口闲放着，与木屑、稻梗为伍，现在可有了用武之地，它的尖锐、清晰、刺耳的声音，对于早起赶路之人也有提神醒脑的作用。农舍的窗上虽然积雪很多，但是屋里的农夫已经早把蜡烛点起，烛光孤寂地照射出来，像一颗暗淡的星。树际和雪堆之间，炊烟也是一处一处地从烟囱里往上飞升。

大地冰冻，远处鸡啼狗吠，从各处农舍门口，也不时地传来劈柴时发出的噼啪声。空气稀薄而干寒，只有比较美妙的声音才能传入我们的耳朵，这种声音听来都有一种简短然而悦耳的颤动——凡是至清至轻的流体，波动总是少发即止，因为里面的粗粒硬块早就沉到底下去了。声音从地平线的远处传来，都清越明亮，犹如钟声。冬天的空气清明，不像夏天有那样的多杂质阻碍，因此声音听来也不像夏天那样的毛糙、模糊。脚下的土地，铿锵有声，如叩坚硬的古木。乡村间一切平凡的声音，此刻听来都美妙悦耳。树上的冰条，互相撞击，其声琤玢，如流水，如妙乐。

大气里面一点水分都没有，水蒸气不是干化，就是凝结成冰霜了。空气十分稀薄而似有弹性，人呼吸其中，自觉心旷神怡。天似乎是绷紧了的，往后收缩。人从下而上望，很像身处大教堂中，顶上是一块连一块的弧状的屋顶。空气中闪光点点，好像有冰晶浮游其间。在格陵兰住过的人告诉我们说，那边结冰的时候，"海就冒烟，像大火燎原一般，而且有一种雾气上升，名叫烟雾。这种烟雾有害健康，伤人皮肤，能使人手、脸等处生疮肿胀"。我们这里的寒气，虽然其冷入骨，然而质地清纯，可提神，可清肺。我们不能把它认作冻结的雾，只能认为是仲夏的雾气的结晶，经过寒冬的洗涤，变得越发清纯了。

太阳最后总算从远处的林间上升，阳光照射处，空中的冰霜都融化了，隐隐之中似乎有铙钹伴奏，铙钹每响一次，阳光的威力便逐渐增加。时间很快从黎明变成早晨，早晨也越来越成长，阳光很快地给西面远处的山头镀上了一层金色。我们匆匆地踏着粉状的干雪前进，因为思想感情更为激动，内心发出一种热力，天气也好像变得像小阳春似的温暖。假如我们能改造我们的生活，能和大自然更配合一致，我们也许就无须畏惧寒暑之侵，我们将同草木走兽一样，把大自然认作我们的保姆和良友，她是永远照顾着我们的。

大自然在这个季节，显得特别纯洁，这是使我们觉得最为高兴。残干枯木、苔痕斑斑的石头和栏杆、秋天的落叶，现在被大雪掩盖了，像在上面盖了一块干净的手巾。寒风一吹，无孔不入，一切乌烟瘴气都一扫而空，凡是不能坚贞自守的，都无法抵御。因此，凡是在寒冷、荒僻的地方（例如在高山之顶），我们所能看得见的东西，都是值得我们尊敬的，因为它们有一种坚强的、淳朴的性格———一种清教徒式的坚韧。别的东西都寻求隐蔽、保护去了，凡是能卓然独立于寒风之中者，一定是天地灵气之所钟，是自然界骨气的表现，它们具有天神般的勇敢。空气经过洗涤，呼吸进去特别有劲。空气的清明、纯洁，甚至用眼睛都能看得出来。我们宁可整天处在户外，不到天黑不回家，我们希望朔风像吹过光秃秃的大树一般地吹彻我们的身体，使得我们更能适应寒冬的气候。我们希望借此能从大自然借来一点纯洁、坚定的力量，这种力量对于我们是一年四季都有用的。

美洲之夜

[法国] 夏多布里昂

人们似乎没有懂得，他们对于世界的见解其实也是他们品格的自白。
——爱默生

一天傍晚，我在离尼亚加拉瀑布不远的森林中迷了路。转瞬间，太阳在我周围熄灭，我欣赏了新大陆荒原美丽的夜景。

日落后一小时，月亮在对面的天空中出现。夜之神从东方带来的馥郁的微风好像她清新的气息，率先来到林中。孤独的星辰冉冉升起，她时而宁静地继续她蔚蓝的驰骋，时而在好像皑皑白雪般笼罩着山巅的云彩上憩息。云彩揭开或戴上她们的面纱，蔓延开去，成为洁白的烟雾，散落成一团团轻盈的泡沫，或者在天空中形成耀眼的絮状的长滩，看上去是那么轻盈、那么柔软和富于弹性，仿佛可以触摸似的。

地上的情景也同样令人陶醉：天鹅绒般的淡蓝的月光照进树林，把一束束光芒投射到最深的黑暗之中。我脚下流淌的小河有时消失在树木间，有时重新出现，河水辉映着夜空中的群星。对岸是一片草原，草原上沉睡着如洗的月光；几棵稀疏的白桦在微风中摇曳，在这纹丝不动的光海里形成几处飘浮着影子的岛屿。如果没有树叶的坠落、乍起的阵风、灰林号鸟的哀鸣，周围本来是一个万籁俱寂的世界。远处不时传来尼亚加拉瀑布低沉的咆哮，那咆哮声在寂静的夜空中越过重重荒原，最后湮灭在遥远的森林之中。

这幅图画的宏伟和令人惊悸的凄清是人类的语言所不能表达的；与此相比，欧洲最美的夜景毫无共同之点。试图在耕耘过的田野上扩展我们的想象是徒劳的：它不能超越四面的村庄。但在这蛮荒的原野，我们的灵魂乐于进入林海的深处，在瀑布、深渊的上空翱翔，在湖畔和河边沉思，并且可以说独自站在上帝面前。

夜的池沼

[智利] 维·乌伊多夫罗

世界是一朵花,这花永恒地从那唯一的种子里生长出来。

——黑格尔

夜的池沼,乌黑的水,沉睡的水,好似自己在凝神屏息。我的心爱你,羡慕你召唤的能力。

夜的水,你所反映的一切,都有着如梦的气氛、神话的表情,甚至最简陋的房舍,倒映于你白亮的镜面上,也有了君临的城堡一样庄严的状态。

夜的池沼的神奇魔力啊!

多少美貌的女人,曾经在这些水里映照她们的身影,仿佛在镜子里沐浴的人。

她们给这些水以迷人的魅力,使它称得上是一个诱人的妖女。

唉!我愿亲吻池沼里的月亮。

把你的全部力量、全部重任致力于反映的水啊,正在自我反省中沉思默想的黑水啊,你想的是什么?

也许这个时刻你记起了耶稣那双神奇的脚的轻柔。

也许你是在想,许久以前,在另一个地方,渔夫的渔舟轻轻地把你剖开,使你感觉到了他们沉睡于你的微波之上的古老歌曲中的乡愁。

我知道你这样安静,仿佛沉睡着,因为你是在期待奇迹发生。

夜的池沼的水,月亮在你脸上铺开了一条洒满光辉的明亮的路,如同长者银白的胡须。

月亮已经睡去很久,这时候,一阵杏花如雨,落到朦胧的水面上。

圆山·舞伎·红叶

[日本] 东山魁夷

舞伎们在黑暗里飘浮着,使得极为洗练的悲哀涂上一层梦幻般的馨香的色彩。

——东山魁夷

圆 山

东山浸在碧青的暮霭里。樱花以东山为背景,缭乱地开放,散发着清芬。这株垂樱,仿佛萦聚着整个京华盛春的美景。

枝条上坠满了数不清的淡红的璎珞,地上没有一片落花。

山顶明净。月儿刚刚探出头来,又圆又大的月亮,静静地浮上绛紫色的天空。

这时,花仰望着月。

月也看着花。

樱树周围,那小型的彩灯、篝火的红焰、杂沓的人景,等等,所有的一切,都从地面上销声匿迹了,只剩下月和花的天地。

这就是所谓的有缘之遇吗?

这就是所谓的生命吗?

舞 伎

赏花小路旁的红格子窗上,挂着染有一连串白色圆纹的京都产的红灯笼。我喜欢那灯笼的精巧。那红色之所以同样逗人喜爱,或许是因为色调沉静,并以那暗淡的房屋为背景的缘故吧。夜,每逢掌灯的时候,显得更美了。

四个舞伎在跳舞，背景只有夜的黑暗。然而，这黑暗是豪奢的黑暗。这座高台寺小吃部的庭院中，长着伟岸的松林，铺着白色的沙石，同东山陡峭的斜坡联结着。客厅内的灯光迷蒙地照耀着幽邃的松树和山岭。那松林重叠而幽深，看上去仿佛是无限的黑暗的延续。舞伎的白脸、手足，华丽的衣裳、发饰，优雅的舞姿，将外头的黑暗映衬得又浓又深。

　　舞伎们在黑暗里飘浮着，使得极为洗练的悲哀涂上一层梦幻般的馨香的色彩。

红　叶

　　沿清泷川，于红叶的朱红与金黄的光耀之中，攀登着长长的石阶到神护寺去。这座寺院位于高山之上，它是一曲朱红与金黄的交响乐。金堂内有雄浑的弘仁佛像。从地藏院后面的断崖上向远方眺望，高山寺的石水院，逆光将红叶映照得明净而透亮。这红叶以对岸山峦的斜坡上暗淡的浓紫色为背景，更增添了华美、艳丽的光辉。坐在石水院的边缘上，隔着山谷望着长满松林的山峰，想象着打那座山上升起清艳的月亮的情景。

　　落柿舍，二尊院，祇王寺，直指庵。嵯峨野的秋深了，在秋的情韵上增添了光彩和寂静。

　　我曾经访问过晚秋的苔寺。苔藓上散落着鲜亮的红叶。林泉飘荡着幽深的古拙的色调，静谧而优美。多少年了啊，这秋日的苔寺一直留在近乎废园的岑寂之中。这时尚未被一群群观光客践踏过呢！

　　山城的光明寺，从枫树下边穿过去的一条小道就通向那里。

　　在洛东，最为有名的当数东福寺的通天桥，但那里的溪流也不同往昔，变得越发没有意趣了。此时的红叶到底怎么样呢？有一年我去看了看，没有欣赏到美丽的景观。

　　鹿之谷的法然院。幽暗而潮湿的道路旁杉树高耸。茅草葺顶的小门，出现在微微高起的石阶上头。红叶或散落在本堂庭院的绿苔上，或倒映于池水之中。花儿落在本尊如来须弥坛下的石板上，石板被揩拭得明如镜面，花儿在上面倒映出倩影来。

　　诗仙堂里，一棵古老的山茶树盛开着鲜花。庭院一隅的竹林旁，柿树的红叶美艳无比。

　　曼殊院的庭院，白沙铺地，苔藓、石头、松树、红叶，它们的色彩形成了鲜明的对比。白沙和苔藓，是明朗的白色同阴暗的浓绿的对照；红叶和松树，是朱红和青绿冷暖相对，这是色彩效果的高度发挥。这种鲜烈的色彩对照，再加上石头沉滞的暗灰的中间色，更显得娴静而高雅。

赤山禅院的红叶红得更加美妙动人。旁边的大池子富有别样的韵味。红叶的红和大池子的韵味倒也相映成趣。

大原里艳红的柿树下，耸立着陡峭的三角形的茅草屋脊。山墙用竹子编成网眼状，有的上面还写着大大的"水"字。秋风吹响了竹林。三千院红叶散落时最美。往生极乐院的阿弥陀如来座下，跪坐着两尊菩萨。庭院内杉木林立，笼着雾霭，霜降时节，落叶铺满庭院，给这寺院增添了静寂。寂光院也是一样。

大德寺高桐院生长着绿苔的庭院里，植满了枫树，这里还有一个静静的石灯笼。这座庭院可以平静人们的心性。

黑人谈河流

[美国] 兰斯顿·休士

为了感触大地的生命,我严肃地开启了所有的感觉。

——黑 塞

我熟悉河流:

我熟悉那些和地球一样古老的河流,比人类血管里流的血液还要古老的河流。

我的灵魂深沉得如同河流一样。

我曾在幼发拉底河中沐浴,当太阳初升的时候。

我曾在刚果河畔搭茅棚,河水抚慰我进入梦乡。

我曾饱览尼罗河的风光,河边高耸着雄伟的金字塔。

我也曾聆听过密西西比河的欢歌,当亚伯纳罕·林肯挥军顺流而下新奥尔良,我目睹过河水混浊的胸膛在夕阳中闪着金光。

我熟悉河流:

那些古老、幽冥的河流。

我的灵魂深沉得如同河流一样。

对 岸

[印度] 泰戈尔

> 精神故乡意味着甜美,意味着心灵之夜,清朗而光辉的明月洒下了一片银光。
>
> ——赵鑫珊

我渴望到河的对岸去,

在那边,好些船只一排儿系在竹竿上;

人们在早晨乘船渡河到那边去,肩上扛着犁头,去耕耘他们在远处的田;

在那边,牧人赶着他们哞叫着的牛游泳到河旁的牧场去;

黄昏的时候,他们都回家,只留下豺狼在这长满野草的岛上哀叫。

妈妈,如果你不在意,我长大的时候,要做这渡船的船夫。

据说有好些古怪的池塘藏在这个高岸之后。

雨过去了,一群一群野鸟飞到那里去。茂盛的芦苇在岸边四处生长,水鸟在那里生蛋;

竹鸡带着跳舞的尾巴,将它们细小的足印印在洁净的软泥上;

黄昏的时候,长草顶着白花,邀月光在长草的波浪上浮游。

妈妈,如果你不在意,我长大的时候,要做这渡船的船夫。

我要自此岸至彼岸,渡过来,渡过去,村中所有正在那儿沐浴的男孩女孩,都要诧异地望着我。

太阳升到中天,早晨变为正午,我将跑到你那里,说道:"妈妈,我饿了!"

一天完了,影子俯伏在树底下,我便要在夕阳的余晖中回家来。

我将永不像爸爸那样,离开你到城里去做事。

妈妈,如果你不在意,我长大的时候,要做这渡船的船夫。

自然与人生（六品）

[日本] 德富芦花

我的灵魂逃回——
已经忘记千年前的鸟和风也和我相似，是我从前的兄弟。

——黑塞

晨　霜

我爱晨霜。因为它凛然、纯洁，因为它是朗朗晴日的使者。

清美者要首推白霜衬托着的朝阳。

某年十二月末的一个早晨，我路过大船户家附近。这是一个罕见的降霜之晨，田地里、房屋上，到处都好像是下了一层薄雪，连村庄附近的竹丛、常青树等也都是一色银白。

不一会儿，东方的天空透出了金色，杲杲旭日冉冉升起，没有一丝一缕云彩的搅扰。亿万条金线普照着田野人家。晨霜皎皎，银河般光芒闪烁。人家、树丛、田地及中央堆放的稻草，乃至从地面抬起的只有几寸的草鞋，等等，所有的一切都向着太阳，只有背光的地方呈现出紫色。目之所及，无不是白光紫影。在紫影中，晨霜逐渐显得朦胧，大地全部变成了紫色的水晶块。

有一位农夫，在被晨霜覆盖的原野正中烧着稻草。青烟蓬然而上，继而扩散开去，遮蔽了阳光。青烟所到之处随即变成了白金色，然后又渐渐变浓，最终，那青烟也染上了淡淡的紫色。

从此后，我爱晨霜之情便与日俱深。

檐　沟

　　雨后。庭院里樱花零落,其状如雪,片片点点,漂浮在檐沟里。
　　莫道檐沟清浅,却把整个碧空抱在怀里。
　　莫道檐沟窄小,蓝天映照其中,落花点点漂浮。从这里可以窥见樱树的倒影,可以看到水底泥土的颜色。三只白鸡走来,红冠摇荡,俯啄仰饮。它们的影子也映在水里。嬉戏相欢,怡然共栖。
　　相形之下,人类自身的世界又是多么褊狭!

春天的悲哀

　　漫步野外,仰望迷离的天空,闻着花草的清香,倾听流水缓缓歌唱。暖风拂拂,迎面吹来。忽然,心中泛起难堪的怀恋之情。刚想捕捉,旋即消泯。
　　我的灵魂不能不仰慕那遥远的天国。
　　自然界的春天宛若慈母。人同自然融合为一体,投身在自然的怀抱里,哀怨有限的人生,仰慕无限的永恒。就是说,一旦投入慈母的怀抱,便会产生一种近乎撒娇的悲哀。

花月夜

　　打开窗户,十六的月亮升上了樱树的梢头。空中碧霞淡淡,白云团团。靠近月亮的,银光迸射;离开稍远的,轻柔如棉。
　　星星迷离地点缀着夜空。茫茫的月色,映在花上。浓密的树枝,锁着月光,黑黝黝连成一片。独有疏朗的一枝,直指月亮,光闪闪的,别有一番风情。淡光薄影,落花点点满庭芳,步行于地,宛如走在天上。
　　向海滨一望,沙洲茫茫,一片银白,不知何处,有人在唱小调儿。

苍苍茫茫的夜晚

　　最沉静的莫过于收割完麦子后的农家的黄昏。
　　游览了神武寺,及至傍晚,一个人沿田间小路返回。太阳包裹在苍黑的暮云里落山了。云隙里迸射出的一抹火红的残照也随之消失了。田野、村庄、山边,升起了烧麦秸的缕缕青烟,蓬蓬地散开了。山野、村庄,茫茫苍苍。

静立远望，暮云晚山，暗影重合；水田邈远，白烟迷离。望着望着，烧稻草的烟雾从一块水田蔓延到另一块水田。田里一片蛙声。

夕阳落，雾霭满，万物消融，恍惚间如入无我之境。没有人语，没有杂声，没有灯影。

唯有苍苍茫茫，茫茫苍苍。

多么幽寂的夜晚！

独立黄昏，侧耳倾听，只有咯咯吱吱的蛙鸣。

寒　树

细雪纷霏，雪霁，日出。冷气逼人。北风刺肤，终日不歇。

日暮，天紫。高大的榉树，树叶尽脱，树干坚硬，如老将的铮铮铁骨。树梢高渺，千万根枝条像细丝一般纵横交错，揶揄着紫色的天空。仿佛严寒侵凌着每一根筋骨。头上有苍茫的月。天空像结了冰一般。

琼斯的悲惨命运

[加拿大] 里柯克

我们经受的惊恐多于伤害；我们的痛苦更多的是产生于想象而不是现实。

——塞内加

有的人——不是你也不是我，因为我们都很有自制力，而有的人，在去拜望别人或和别人一起消磨了一个傍晚以后，感到很难把告别的话说出口。到了他觉得完全应该告辞的时候，他站起来嗫嗫嚅嚅地说："唉，我想我……"这时别人说："噢，您这就要走了吗？时间早着哩！"这样一来，又令他陷入进退维谷的境地。

我想，在我所知道的这类事例中，我那可怜的朋友梅尔庞米纳斯·琼斯的情形是最为可悲的。他是个副牧师，那么一个可爱的年轻人，才二十三岁！他简直无法同别人分手。他为人非常诚实，说不出一句谎话。他恪守清规戒律，唯恐显得无礼。很不幸，发生了这样一件事情：就在他暑期休假的头一天下午，他去拜访朋友，随后的六个礼拜完全该由他自己支配，确实无事可做了。他在朋友家聊了一会儿，喝了两杯茶，然后鼓起劲来突然说："唉，我想我……"

可是这家的女主人说："喔，是吗？琼斯先生，您真的不能再待一会儿吗？"

琼斯是从来不说假话的。

"哦，不，"他说，"当然，我……唉，可以再待一会儿。"

"那就请别走吧。"

他待了下去，喝了一杯茶。夜色降临了，他又站起来。

"唉，现在，"他不好意思地说，"我想我真的……"

"您要走?"女主人客气地说,"我本来以为您或许可以留下来和我们吃晚饭的……"

"这个……可以是可以的。您知道,"琼斯说,"如果……"

"那就请留下吧。我的丈夫肯定会高兴的。"

"好吧,"他有气无力地说,"我留下。"他又坐回椅子里去,装了一肚子的茶水,觉得相当难受。

男主人回来了。他们吃晚饭。

整个吃饭时间,琼斯坐在那里一直在盘算着八点半钟离开。朋友全家人都闹不清楚琼斯先生究竟是因呆钝而不高兴呢,还是仅仅是呆钝。

饭后,女主人想逗引他说话,就拿出照片给他看。她把家里的全部珍藏品都拿了出来,共有好几罗(一罗为十二打)。其中有男主人的叔叔和婶婶的照片,有女主人的哥哥和他的小儿子的照片;有一张是男主人的叔叔的朋友,穿着孟加拉制服照的非常有趣的相片;有一张照得很精彩,是男主人的祖父的伙伴的狗的照片;还有一张照得十分糟糕,是男主人扮成魔鬼去参加化装舞会时的照片……

到八点半钟,琼斯已细心地观看了71张照片,大约还有69张没有看。他站起身来。

"现在我得告辞了。"他恳求地说。

"告辞!"他们说,"嗨,才八点半嘛!您有什么事要办吗?"

"没有什么事。"他承认,接着含含糊糊地说他要休息六个星期,然后大声苦笑。

这时大家发现,家里的小宝贝,那个十分可爱的小淘气,把琼斯先生的帽子给藏起来了。于是男主人说他只好留下,并请他抽烟、聊天。主人一边抽烟一边和他聊天,他却老是待着。每时每刻他都想离去,但又没能走成。然后男主人开始对琼斯感到厌倦起来,心里忐忑不安,最后他用诙谐的反话说:琼斯最好留下过夜,他们可以给他铺个便铺。琼斯误解了男主人的意思,噙着眼泪感谢他。男主人就让琼斯在空房间里就寝,而心里却在骂他。

第二天早饭后,男主人进城上班,让琼斯留下来跟那个小孩儿玩,这使他相当忧伤。他完全不知所措了,整整一天,他都想着要走,但他顾虑重重,简直无计可施。男主人傍晚回到家里,看见琼斯还没有走,感到又奇怪又懊恼。他想开个玩笑诱使琼斯走,于是就说他得收琼斯的伙食费了。

嘿嘿！这个倒霉的年轻人傻乎乎地瞪着双眼愣了一会儿，然后紧紧握住男主人的手，预付了一个月的伙食费，末了却情不自禁地痛哭起来，呜呜咽咽的，像个小孩儿一样。

在随后的日子里，他变得郁郁不乐、难以接近。当然，他一直是住在客厅里。缺乏新鲜空气，又无处走动，这严重地影响着他的健康。他用喝茶和看照片来消磨时间。他常常站着凝视男主人的叔叔的朋友身穿孟加拉制服照的照片，一站就是几个小时——和照片谈话，有时又狠狠地骂它。由此可见，他的精神已有一些异常了。

最后他吧嗒一声倒了。人们把他抬上楼去。他发着高烧，直说胡话，病得相当厉害，谁都不认识了，甚至连男主人的叔叔那张穿着孟加拉制服的照片他都不认识了。他不时从床头惊起，尖声叫喊："唉，我想我……"然后又倒在枕头上，发出令人恐惧的笑声。一会儿，他又跳起来喊道："再来一杯茶！再给我一些照片！再给我一些照片！哈！哈！"

末了，经过一个月的痛苦折腾之后，在他休假的最后一天，他去世了。他们说，当临终时刻到来之时，他在床上又坐了起来，脸上泛出美丽的笑容，显现了充满自信的神情。他说："噢，天使们在召唤我，恐怕现在我真的得走了。再见。"

他的精神冲出了禁锢它的牢房，其速度之快，就像一只逃命的猫儿跃过庭院的围栏一样。

生命的五种恩赐

[美国] 马克·吐温

"一"将长留，万象会变化，会消逝；天的明光永照，地的阴影将飞去；生命像色彩斑斓的玻璃屋顶，污染永恒所射出的洁白的光辉，直到死亡的脚把它踩碎。

——雪 莱

一

在生命的黎明时分，一位仁慈的仙女带着她的篮子跑来，对他说："这些都是礼物，挑一样吧，把其余的留下。小心些，做出明智的抉择！因为，这些礼物当中只有一样是宝贵的。"

礼物有五种：名望、爱情、财富、欢乐、死亡。少年人迫不及待地说："无须考虑了。"他挑了欢乐。

他踏进社会，寻欢作乐，沉湎其中。可是，每一次欢乐到头来都是短暂、沮丧、虚妄的。它们在行将消逝时都嘲笑他。最后，他说："这些年我都白过了。假如我能重新挑选，我一定会做出明智的抉择。"

二

仙女出现了，说：

"还剩四样礼物。再挑一次吧。哦，记住——光阴似箭。这些礼物当中只有一样是宝贵的。"

这个男人沉思良久，然后挑选了爱情。他没有觉察到仙女的眼里涌出了泪花。

好多好多年以后，这个男人坐在一间空屋里守着一口棺材。他喃喃自语道:"她们一个个抛下我走了。如今,她——最亲密的,最后一个,躺在这儿了。一阵阵孤寂朝我袭来。为了那个滑头商人——爱情卖给我的每小时欢娱,我付出了一个小时的悲伤。我从心底里诅咒它呀!"

三

"重新挑吧,"仙女道,"岁月无疑把你教聪明了。还剩三样礼物。记住——它们当中只有一样是有价值的,小心选择。"

这个男人沉吟良久,然后挑了名望。仙女叹了口气,扬长而去。

好些年过去后,仙女又回来了。她站在那个在暮色中独坐冥想的男人身后。她明白他的心思:"我名扬全球,有口皆碑。对我来说,虽有一时之喜,但毕竟转瞬即逝!接踵而来的是嫉妒、诽谤、中伤、嫉恨、迫害,然后便是嘲笑,这是收场的开端,一切的末了则是怜悯,它是名望的葬礼。哦,出名的辛酸的悲伤啊!声名卓著时遭人唾骂,声名狼藉时受人轻蔑和怜悯。"

四

"再挑吧。"这是仙女的声音,"还剩两样礼物。别绝望。从一开始起,便只有一样东西是宝贵的。它还在这儿呢。"

"财富,即是权力!我真是瞎了眼呀!"那个男人说道,"现在,生命终于变得有价值了。我要挥金如土,大肆炫耀。那些惯于嘲笑和蔑视我的人将匍匐在我脚前的污泥中。我要用他们的嫉妒来喂饱我饥饿的心灵。我要享受一切奢华、一切快乐,以及精神上的一切陶醉、肉体上的一切满足。这个肉体人们都视为珍宝。我要买!买!遵从、崇敬——一个庸碌的人间商场所能提供的人生种种虚荣享受。我已经失去了许多时间,在这之前,都做了糊涂的选择。那时我懵然无知,尽挑那些貌似最好的东西。"

短暂的三年过去了。一天,那个男人在一间简陋的顶楼里瑟瑟发抖。他憔悴、苍白,双眼凹陷,衣衫褴褛。他一边嚼一块干面包皮,一边嘀咕道:"为了那种种卑劣的事端和镀金的谎言,我要诅咒人间的一切礼物,以及一切徒有虚名的东西!它们不是礼物,只是些暂借的东西罢了。欢乐、爱情、名望、财富,都只是些暂时的伪装。它们永恒的真相是——痛苦、悲伤、羞辱、贫穷。仙女说得对,她的礼物之中只有一样是宝贵的,只有一样是有价值的。现在我知道,这些东西跟那无价之宝相比是多么可怜、卑贱啊！那珍贵、甜蜜、仁厚的礼物呀！沉浸在无梦的永久酣睡之中，折磨肉体的痛苦和咬啮心灵的羞辱、悲伤，便一了百了。给我吧！我倦了，我要安息。"

五

仙女来了，又带来了四样礼物，独缺死亡。她说：

"我把它给了一个母亲的爱儿——一个小孩子。他虽懵然无知，却信任我，求我代他挑选。你没要求我替你选择啊。"

"哦，我真惨啊！那么留给我的是什么呢？"

"你只配遭受垂垂暮年的反复无常的侮辱。"

厕中成佛

[日本] 川端康成

这是很久很久以前的岚山的一个春天……

京都大户人家的太太、小姐，花街柳巷的女子，她们身着华丽的服装，来到这山野观赏樱花。

"对不起，借用一下洗手间好吗？"

京都的女游客在肮脏的农家门口，羞红着脸，微微欠欠身子说了一句，绕到屋后，上了一间又旧又脏的小茅厕……春风摇曳着草帘，她的肌肤不由得拘挛起来。传来了孩子们哇哇的喧嚣声。

看见京都仕女的这副窘态，贫苦农民八兵卫便动脑筋，盖了一间干净的厕所，挂上一块告示牌，上面写着几个墨油油的字：

租用厕所
一次三文

赏花季节，游客拥挤，出租厕所非常成功，转眼间出租者发了大财。

村里有个人嫉妒八兵卫，对妻子说：

"近来八兵卫出租厕所，转眼间就赚了一笔钱。今年春上，我们也盖一间出租，要赚得比八兵卫还多，怎么样？"

"这个主意不好。即使我们的出租厕所盖好了，可八兵卫是老字号，人家有老主顾。我们是新字号，游客不光顾，岂不是鸡飞蛋打，穷上穷吗？……"

"胡扯什么呀！这回，我所设想的厕所，不像八兵卫的那样肮脏。听说近来京城时兴茶道，我打算盖个茶室式的厕所。首先，四根柱子用吉野圆木不够气派，要用北山的杉木；天花板用香蒲草，钉上水蛭形钉子，悬挂上吊锅的锁链，替代使劲的时候用的绳索。这主意不错吧。窗户开落地窗；踏板用榉树的如轮木；便池前挡用萨摩杉。便池四周涂黑漆；墙壁涂两遍油漆；门户用白竹夹扁柏制成的长薄板；房顶用杉树皮葺成，再用青竹子压住，系上蕨草绳，修成大和式的。放鞋的石板用鞍马石做，旁边围上中间栽有青竹子的方眼篱笆；洗手盆用桥桩式的，装饰用的松树也配以多姿的赤松。不论哪个流派，诸如千家①、远州②、有乐斋长益③、逸见的精华，都兼收并蓄……"

妻子听呆了。

"那么，租费多少呢？"

经过一番艰苦的筹划，总算赶在赏樱花时节之前把漂亮的厕所修建好了，连告示牌也是拜托和尚制作的，是中国式的，非常庄重、典雅。

租用厕所
一次八文

就算是京都仕女，也觉得过分奢侈，钦佩之余，望而却步。

"你瞧见了吗？"妻子敲着榻榻米说，"我早就叫你别盖，搭了这么多本钱，结局可怎么得了啊！"

"不要唠叨嘛。明儿只要到客人那儿去转一圈，保证光顾的人会像蚂蚁一样成群而来。我明儿要早起，给我准备好盒饭。只要转上一圈，保你门庭若市。"

丈夫非常沉着。可是第二天，他比平时都贪睡早觉，上午十点才醒过来，一把将后衣襟掖在腰带里，把饭盒挂在脖颈上，带着几分哀伤的神情，回头冲着妻子带笑地说：

"孩子他娘，我这辈子的所作所为，你总是横挑鼻子竖挑眼的，说我傻瓜，说我做梦。今天要让你瞧瞧，我只要到客人中转上一圈，保你顾客盈门呀！粪缸要是满了，你就挂上个暂停使用的牌子，拜托邻居次郎兵卫挑走一担两担的。"

妻子纳闷。丈夫说到客人那里转转，是不是到京城去游说，宣传出租

---

① 以安土桃山时代的千宗易（1522—1591），为始祖的茶道流派之一。
② 即小堀远州（1579—1647），江户初期的茶道家、造园家。
③ 即织田有乐斋长益（1547—1622），江户初期的茶道家，后成为有乐派的始祖。

厕所呢？在她一筹莫展的当儿，一个姑娘往钱箱里投放了八文钱，租用了厕所。而后进进出出的，租用的客人源源不断。妻子十分惊异，瞪大眼珠子看守着。不久，挂上暂停使用的牌子，忙着要把粪便挑走……终于到了傍黑时分，厕所租金达八贯之多，粪便挑走了五担。

"莫非我家老头子是文殊菩萨转世？真的，他所说的梦一般的事，有生以来头一次变成了现实。"

喜形于色的妻子买来了酒等待丈夫回来，不料别人却抬回了他的尸体。

"他长时间蹲在八兵卫家的厕所里，可能是被臭气熏死的。"

丈夫走出家门以后，立即缴付三文钱，走进了八兵卫家的厕所里，从里面上了锁。有人想推门进去，他就"咳、咳"地佯装咳嗽，连声音都咳嘶哑了。春天白日长，他蹲得连腰都直不起来了。

京都人听了这个故事，议论纷纷：

"真是风流人物的沦落啊！"

"他是天下第一的茶道师啊！"

"这是日本有史以来的成年人自杀啊！"

"厕中成佛，南无阿弥陀佛。"

众人异口同声地称赞不绝。

系于一发

[奥地利] 卡尔·施普林根施密特

> 在所有的地方都能发现"完美",而尊敬它更是真理之爱的表现。
> ——歌 德

我们想:让姑妈把秘密公开吧!我们虽年幼,但毕竟长大了,好歹快成年了。有什么事不能对我们说呢?埃弗里纳姑妈真的无须再对我们保什么密了。就说那个圆的金首饰吧,她总是用一根细细的链子把它系在脖子上。我们猜想,这里准有什么异乎寻常的缘由,里面肯定嵌着那个她曾爱过的年轻人的小相片。也许她是白白地爱过他一阵呢。这个年轻人是谁呢?他们当时究竟是怎样相爱的呢?那时的情况又是如何呢?这没完没了的疑问使我们纳闷。

我们终于使埃弗里纳姑妈同意给我们看看那个金首饰。我们急切地望着她。她把首饰放在平展开的手上,用指甲小心翼翼地塞进缝隙,盖子猛地弹开了。

令人失望的是,里面没有什么照片,连一张变黄的小相片也没有,只有一根极为寻常的、被绾成蝴蝶结状的女人的头发。难道全在这儿了吗?

"是的,全在这儿。"姑妈微微地笑着,"就这么一根头发,我头上的一根普普通通的头发,可它却维系着我的命运。更确切地说,这一根纤细的头发决定了我的爱情。你们现在这些年轻人也许不理解这点,你们把自爱不当回事,不,更糟糕的是,你们压根儿没想过这么做。对你们来说,一切都是那样直截了当:来者不拒,受之坦然,草草了事。

"我那时十九岁,他——事情关系到他——不满二十岁。他确是尽善尽美,当然,最重要的是,他爱我。他经常对我这样说:'你该相信这一点。'至于我呢,虽然我俩之间有许多话难以启齿,但我是乐意相信他的。

"一天,他邀我上山旅行。我们要在他父亲狩猎时住的僻静的小茅舍里过夜。我踌躇了好一阵。因为我还得编造些谎话让父母放心,不然他们说什么也不会同意我干这种事的。当时,我可是给他们好好地演了出戏,骗了他们。

"小茅舍坐落在山林中间,那儿万籁俱寂,只有我们俩,孤零零的。他生了火,在灶旁忙个不歇,我帮他煮汤。饭后,我们外出,在暮色中漫步。两人慢慢地走着,无声胜有声,强烈的心声替代了言语,此时还有什么可说的呢?

"我们回到茅舍。他在小屋里给我置了张床。瞧他干起事来有多细心周到!他在厨房里给自己腾了个空位。我觉得那铺位实在不太舒服。

"我走进房里,脱衣睡下。门没有闩,钥匙就插在锁里。要不要把门闩上?这样,他就会听见闩门声,他肯定知道,我这样做是什么意思。我觉得这太幼稚可笑了。难道当真需要暗示他,我是怎么理解我们的欢聚的吗?话说到底,如果夜里他真想干些风流韵事的话,那么锁、钥匙,都无济于事,无论什么都对他无可奈何。对他来说,此事尤为重要,因为它涉及我俩的一辈子——命运如何全取决于他。不用我为他操心。

"在这关键时刻,我蓦地产生了一个奇妙的念头。是的,我该把自己'锁'在房里,可是,在某种程度上说,只不过是采用一种象征性的方法。我踮着脚悄悄地走到门边,从头上扯下一根长发,把它缠在门把手和锁上,绕了好几道。只要他一触动把手,头发就会被扯断。

"嘿,你们今天的年轻人呀!你们自以为聪明绝顶,但你们真的知道人生的秘密吗?这根普普通通的头发——翌日清晨,我把完好无损的它取了下来!它把我们俩强有力地连在一起了,它胜过生命中其他任何东西。一俟时机成熟,我们就结为良缘,他就是我的丈夫——多乌格拉斯。你们是认识他的,而且你们知道,他是我一生的幸福所在。这就是说,一根头发虽纤细,但它却维系着我的整个命运。"

人（摘选）

[前苏联] 高尔基

自己勇敢地战斗过的人，都爱称道一位勇士。自己没尝过冷暖的人，不会认识人的价值。

——歌　德

……每当我心力交瘁的时候，那如烟的往事便在我的记忆中浮现，使我不禁心灰意懒。而我的思想则有如秋天冷漠无情的太阳，照耀着混乱不堪的尘寰，在杂乱无章的尘世上空不祥地盘旋，无力继续上升，更无力向前飞翔。每当我处于这心力交瘁的艰难时刻，我总要把人的雄伟形象呼唤到我的面前。

人啊！我脑中仿佛升起一轮太阳，人就在这耀眼的阳光中从容不迫地迈步向前！不断向上！悲剧般完美的人啊！

我看见他高傲的前额、豪放而深邃的目光，眸子里闪耀着大无畏的思想的光辉、雄伟的力的光辉。这力量能在人们疲惫、颓唐的时刻创造神灵，又能在人们精神振奋的时代把神灵推翻。

他置身于荒凉的宇宙之中，独自站立在那以不可企及的速度向无垠空间的深处疾驰而去的一块土地上，苦苦地琢磨着一个令人痛苦的问题："我为什么存在？"——他英勇地迈步向前！不断向上！他要把沿途遇到的人间和天上的一切奥秘通通揭开。

他一面前进，一面用心血浇灌他那艰难、孤独而又豪迈的征途，用胸中灼热的鲜血创造出永不凋谢的诗歌的花朵；他巧妙地把发自不安的心灵的苦闷呼声谱成乐曲；他根据自身的经验创造科学，每走一步都要把人生装点得更加美好，就像太阳那样慷慨地用它的光芒把大地普照。他不停地运动，不断向上，迈步向前！他是大地上一颗指路的明星……

他凭借的只是思想的力量,这思想时而迅如闪电,时而静若寒剑——自由而高傲的人远远地走在众人的前面,高居于生活之上,独自置身于生活之谜当中,独自陷入不可胜数的谬误之间……这一切都像磐石一般压在他高傲的心头,伤害他的心灵,折磨他的大脑,使他感到羞愧难当,呼唤他去把一切谬误消灭光。

他在前进!种种本能在他的胸中喧嚣:自尊心令人讨厌地发着牢骚;七情六欲像藤蔓一般把心儿紧紧缠绕,吸吮他的热血,大声要求向它们的力量让步……喜怒哀乐都想控制他——一切都渴望成为他灵魂的主宰。

形形色色的生活琐事犹如路上的污泥,使他步履蹒跚。

就像一颗颗的行星围绕着太阳,人的创造精神的各种产物也把他层层围绕:他的爱情永远不知餍足,友谊步履蹒跚,远远地跟在他身后,希望疲倦地走在他的前面;而那满脸怒容的憎恨,它手上那副忍耐的镣铐正在当当作响,可信仰正用乌黑的眸子凝视着他焦虑不安的面庞,等待他投入自己宁静的怀抱……

他了解自己这一群可悲的侍从——他的创造精神的各种产物都是畸形的、不完善的、蹩脚的。

它们穿着旧真理的破衣烂衫,被种种偏见的毒药所残害,怀着敌意跟在思想后面,总也赶不上思想的飞跃,就像乌鸦追不上雄鹰的翱翔。它们同思想争论着谁该领先,却很难同思想融成一股富有创造力的熊熊火焰。

这儿还有人的一个永恒的旅伴——那无声无息而又神秘莫测的死亡,它时刻准备亲吻他那颗炽热的渴望生活的心。

他了解自己这一群永生的侍从,最后,他还了解一个产物——疯狂……

长了翅膀的疯狂像一股强大的旋风,它用充满敌意的目光注视着人,竭力鼓动思想,硬要拖她去参加它野蛮的舞蹈……

只有思想是人的女友,他唯独同她永不分手。只有思想的光焰才能照亮他在路上遇到的障碍,揭示人生的谜,揭开大自然的重重奥秘,解除他心中漆黑一团的混乱。

思想是人的自由女友,她到处用锐利的目光观察一切,并毫不留情地阐明一切:"希望是怯弱无力的,而躲在她后面的是她的亲姐姐——谎言;谎言穿着盛装,打扮得花枝招展,时刻准备用花言巧语去安慰并欺骗所有的人。"

思想在友谊那颗脆弱的心里看到它的谨小慎微、它的冷酷而空虚的好奇心，还看到嫉妒心的腐朽的斑点，以及从那里滋生出来的诽谤的萌芽。

　　思想看到凶恶的憎恨的力量，她明白，如果摘下憎恨所戴的手铐，它将毁灭世上的一切，甚至连正义的萌芽也不放过。

　　思想发现呆板的信仰拼命地攫取无限的权力，以便奴役一切感情。它藏着一双无恶不作的利爪，它沉重的双翼软弱无力，它空虚的眼睛对一切都视而不见。

　　思想还要同死亡搏斗。思想把动物造就成人，创造了神灵，创造了哲学体系以及揭示世界之谜的钥匙——科学。自由而不朽的思想憎恶并敌视死亡——这毫无用处却往往那么愚昧而残暴的力量。

　　死亡对于思想就像一个拾荒者，他徘徊在房前屋后、墙角路旁，把破旧、腐烂、无用的废物收进他那龌龊的口袋，有时也厚颜无耻地偷窃健康而结实的东西。

　　死亡散发着腐烂的臭气，冷漠无情、难以捉摸，永远像一个严峻而凶恶的谜站立在人的面前，思想不无妒意地研究着他。但那善于创造、像太阳一样明亮的思想，充满了狂人般的胆量，她骄傲地意识到自己将永垂不朽……

　　斗志昂扬的人就这样迈开大步，穿过人生之谜构成的骇人的黑雾，迈步向前！不断向上！永远向前！不断向上！

草还会长出,孩子不会再来

[美国] 邦拜克

一颗充满爱的心是天生要受它所爱的人折磨的。
——罗曼·罗兰

当麦克三周岁时,他要了一个玩具沙箱。他爸爸说:"我们的院子完了,以后小孩会一天到晚地往花床里扔沙子,猫也会去凑热闹,那些草必死无疑。"

而麦克的母亲说:"草还会长出来的。"

当麦克五岁时,他要一副秋千架。他爸爸说:"完了。我见过人家在后院架那玩意儿,你知道那以后他们的院子看起来像什么?像草场上的一个干泥潭。孩子用运动鞋刨地,肯定会把草弄死。"

麦克的母亲说:"草还会长出来的。"

爸爸在给塑料游泳池吹气的空当警告说:"你知道他们会把这地方弄成什么样子?他们会把这儿弄成可以发射导弹的荒郊野地。但愿我知道自己在干什么。他们会把水弄得到处都是,害得你成天抗涝排水,连倒垃圾都会弄得满腿是泥。等我们拆掉这玩意儿时,这个街区就会出现一个独一无二的棕色草坪。"

"别发愁,草会再长出来的。"

当麦克十二岁时,他主动提供自家的院子作为露营地。父亲站在窗口,看着他们在外面打桩子、竖帐篷,摇了摇头,叹息道:"以前我为什么不把草籽拿去喂鸟?还省得我播了半天。那些帐篷和那一双双大脚丫子肯定会把每一片草叶都碾成泥土。别费心回答了——"他把头转向麦克的母亲,"我知道你想说'草会再长出来的'。"

车房墙壁上的篮球筐引来的人群比冬季奥运会还多。原来只有垃圾桶盖那么大的一块秃斑渐渐发展成大片不毛之地，占了整个院子。当新草刚刚冒头的时候，冬天来了，雪橇把草芽变成了地垄。麦克的爸爸叹息道："我对生活并无太多要求，无非就是小小的一块草地。"

他的妻子安慰道："草会再长出来的。"

那年秋天，草坪美极了。生机勃勃的、青青绿绿的草如厚厚的茵毡铺满了整个院子，覆盖了被运动鞋踏过的小道，淹没了自行车经常在那儿摔倒而碾出的小径，环绕着小男孩用茶匙翻掘过的花床。

可麦克的父亲对此视而不见。他以焦急、盼望的目光越过草坪，声音发颤地问道："他会回来的，是不是？"

沙的故事

[印度] 奥 修

> 我们否定而且必须否定,因为我们心灵深处的某种东西希望得到存在和肯定——或许这是某种我们迄今尚未知道或理解的东西。
>
> ——尼 采

有一条河流,它发源于一个很远的山区,流经各式各样的乡野,最后它流到了沙漠。就如它跨过了从前的每一个障碍,这条河流也试着要去跨越这个沙漠。但是当它进入那些沙子里,它发觉它的水消失了。

然而它被说服,说它的命运就是要去横越这个沙漠,但是无路可走。就在这个时候,有一个来自沙漠本身的隐藏的声音在耳语:"风能够横越沙漠,所以河流也能够。"

河流继续往沙子里面冲,但是都被吸收了。风可以飞,所以它能够横越沙漠。"以你惯常的方式向前冲,你无法跨越,你不是消失就是变成沼泽,你必须让风带领你到达你的目的地。"

"但是这要怎么样才能够发生?"

"让你自己被风吸收。"

这个概念无法被河流接受,毕竟它以前从来没有被吸收过,它不想失去它的个性。一旦失去了水,河流怎么知道它能否再度形成一条河流?

沙子说:"风可以来执行这项任务。风把水带上来,带着它越过沙漠,然后再让它掉下来。它以雨水的形式掉下来,然后那些雨水再汇集成一条河流。"

"我怎么能够知道它真的会这样呢?"

"它的确如此。如果你不相信,你一定会处于绝境,最多你只能够成为一个沼泽。但即使要成为一个沼泽也必须花上很多很多年的时间,而它绝对跟河流不一样。"

"但我是不是能够成为先前的那条河流呢？"

那个在耳语的声音说："在这两种情况下你都无法保持。你本质的部分会被带走而再度形成一条河流。即使现在，你之所以被称为现在的你，也是因为你不知道哪一个部分的你是本质的部分。"

当河流听到这个，有某些回音开始在它的脑海中升起。在朦胧之中，它想起了一个状态，在那个状态下，它，或是一部分的它曾经被风的手臂拉着，的确有这么一回事吗？河流仍然不敢确定。它似乎同时想到这是一件它真正要去做的事，虽然不见得是一件很明显的事。

河流升起它的蒸气，进入了风儿欢迎的手臂。风儿温和地而且轻易地带着它一起向前走。当它们到达远处山顶的时候，风儿就让它轻轻地落下来。

由于它曾经怀疑过，所以河流在它自己的头脑里能够深刻地记住那个曾有过的细节。

它想："是的，现在我已经学到了真正的认同。"

河流在学习，而沙子在耳语："我们知道，因为我们每天都看到它在发生，因为我们沙子从河边一直延伸到山区。"

那就是为什么有人说：生命的河流要继续走下去的道路就写在沙子上。

我有一个梦想（节选）

［美国］马丁·路德·金

人是生而自由的，但却无不处在枷锁之中。自以为是其他一切的主人的人，反而比其他一切更是奴隶。

——卢梭

一百年前，一个伟大的美国人签署了《解放黑奴宣言》——我们现在就站在他的纪念像的阴影里。这个重要的文件像希望的灯塔的强光，照在受到不义的火焰煎熬的数以百万计的奴隶身上；这个文件像欢乐的曙光，宣告了奴隶制的漫漫长夜的结束。

但是一百年过去了，我们却仍然不得不面对一个悲惨的现实：黑人还没有获得自由。一百年过去了，黑人仍然生活在种族隔离的镣铐和种族歧视的锁链之下，寸步难行，悲惨不堪。一百年过去了，在一个物质繁荣的广阔海洋中，黑人仍然生活在贫穷的孤岛上。一百年过去了，黑人仍然在美国社会的角落里枯萎、憔悴，仍然是自己国土上的流放犯。我们今天到这儿来正是要让这可怕的现实引起人们的注意。

我深深地懂得，你们有些人是经历过巨大的考验和苦难才到达这儿的。你们有些人刚从狭窄的牢房里出来；有些人来自提出自由的要求就会遭到迫害的风暴和警察的暴力的地方。你们是为了创造未来而饱经苦难的老战士。继续干下去吧！要有这样的信心：遭受到不应遭受的痛苦的人是会得到补偿的。

回到密西西比去吧，回到亚拉巴马去吧，回到南卡罗来纳去吧，回到佐治亚去吧，回到路易斯安那去吧，回到北方城市的贫民窟和黑人区里去吧！心里要有一种信念：这种局面一定能，也一定会有某种程度的改变。别把自己埋在绝望的深谷里。

今天我要告诉你们，我的朋友们，尽管有眼前的困难和挫折，我仍然有一个梦，这个梦的根深深地扎在美国的梦里。

我梦想，有一天这个国家会站起来体现出它的信念的真谛："我们相信人类天生平等的真理是不言自明的。"

我梦想，在佐治亚州红色的山峦上，过去的奴隶的子孙会和过去的奴隶主的子孙兄弟般地一起在桌旁坐下来。

我梦想，有一天，就连密西西比州，那个不义和压迫的酷热的沙漠，也会变成正义和自由的绿洲。

我梦想，我的四个年幼的孩子有一天会生活在一个不按他们皮肤的颜色，而按他们的品格、内涵而受到评价的国家里。

我梦想，有一天阿拉巴马州会变成黑人的孩子能和白人的孩子像兄弟姐妹一样手挽手走在一起的地方，尽管那儿的州长今天还满口叫嚷着拒不服从合众国法令的言辞。

我今天梦想着。

我梦想着，有一天每一个峡谷都会升高，每一个山陵都会下降，崎岖的处所会变得坦荡，曲折的地方会变得笔直，主的荣光将会显露，让所有的人一起看到。

这便是我们的梦想。这便是我回到南方来时心里所怀着的信念。怀着这个信念，我们能把绝望的山岩雕刻成希望的石像；怀着这个信念，我们能把我们国家的不和的喧嚣变作兄弟之情的美妙交响曲；怀着这个信念，我们将能一起工作、一起祈祷、一起斗争、一起坐牢、一起捍卫自由——我们知道有一天会获得自由。

那将是上帝的孩子们能在一起歌唱的日子，那歌词将带着新的意义：

> 我的祖国，我歌颂您，
> 可爱的、自由的祖国，
> 我歌颂您：
> 您是我的祖先逝去的地方，
> 是朝圣者引为骄傲的地方，
> 从每一座高山峻岭之上，
> 让自由的声音震响。

如果美国要成为伟大的国家，这个梦想必须实现。因此，让自由的声音在新罕布什尔州的巍峨的山巅上震响吧！

让自由的声音在纽约州的高山峻岭之上震响吧！

让自由的声音在宾夕法尼亚州的还在增高的阿勒格尼山上震响吧！

让自由的声音在科罗拉多州白雪皑皑的落基山上震响吧！

让自由的声音在加利福尼亚州的婀娜群峰上震响吧！

这还不够：

还要让自由的声音在佐治亚州的斯通山上震响！

还要让自由的声音在田纳西州的洛考特山上震响！

还要让自由的声音在密西西比州大大小小的群山上震响！

让自由的声音回荡在每一座山上！

当我们让自由的声音震响的时候，当我们让自由的声音在每一个大大小小的村落、每一个州、每一个城市震响的时候，我们将能加速那个日子的到来，那时，上帝的所有孩子：黑人、白人、犹太人、异邦人、新教徒和天主教徒，都会手挽着手歌唱。

火绒草

[前苏联] 高尔基

没有单纯、善良和真实，就没有伟大。

——列夫·托尔斯泰

皑皑冰雪永远覆盖着阿尔卑斯山高高的山脊，严寒和沉寂——那巍巍高峰睿智的缄默统治着这里的一切。

绝顶之上是遥远的蓝天，仿佛有无数忧郁的眼睛，眨闪在被冰雪覆盖的峰巅上空。

山坡下，密密的平畴中，生活在激动和不安里成长。人类，这疲惫不堪的大地的主人正蒙受着苦难。

在黑沉沉的大地深渊之中，呻吟、欢笑、怒吼，还有爱的絮语，等等，尘世所有的一切音响混杂在一起。而沉静的群峰、冷漠的星辰，却始终无动于衷地面对着人类沉重的叹息。

皑皑冰雪永远覆盖着阿尔卑斯山高高的山脊，严寒和沉寂——那巍巍高峰睿智的缄默统治着这里的一切。

仿佛为了诉说大地的不幸和疲惫不堪的人类的苦难，冰山脚下，在那亘古无声的静穆王国，孤零零地长出了一棵小小的火绒草。

在它的头上，在那遥远的蓝天里，庄严的太阳在运转，忧郁的月亮在默默地照耀，无声的星星在发光、在燃烧……

冰冷的沉寂之幕徐徐垂下，日夜拥抱着这唯一的火绒草。

一位老者和他的歌

[西班牙] 巴罗哈·内西

> 如果能追随理想而生活，本着正直自由的精神、勇往直前的毅力、诚实不自欺的思想而行，则定能臻于至美至善的境地。
> ——居里夫人

清晨，当公鸡雄赳赳地引吭长鸣，当云雀从播了种的大地上凌空飞去时，我，从他家出来，外衣搭在肩上，毫无目的地，沿着大路向前走去。

日日夜夜，顶着如火的骄阳，冒着凛冽的寒风，我漫无目的地继续走我的路。有些时候，一些主观臆想出来的危险使我心惊胆战；而另外一些时候，我却又能冷静地面对眼前现实存在的危险。

为了排遣寂寞，我边走边唱。随着映入眼帘的景致，我一会儿唱起欢快的歌，一会儿又唱起忧郁的歌；或者吹起口哨，或者轻声低吟。

有时候，走到一扇窗前，我便故意扬扬自得地高声唱起来，或者故意喊起来，希望别人能听见我的声音。

"会有一些窗户打开，并且还将会露出一张张洋溢着欢悦的笑脸。"我这样想着。

然而，没有。没有一扇窗户打开，没有一个人走出来。我天真地继续唱着歌。可是，这儿、那儿，都露出了一张张凶恶的面孔、一双双敌视的眼睛，骨瘦如柴的手中握着棍棒，他们戒备着。

"也许我冒犯了他们。"我想，"这些人并不想对我怎么样。"外衣搭在肩上，我继续毫无目的地，也不知为什么，或唱着歌，或吹着口哨，或哼着小曲，漫步向前走去……

许久以来，猫头鹰凄凉的叫声、狼的嗥叫声，还有这种孤独感，使我痛苦，使我不安。

因此，我想到都市去。但是当我正要进城门时，他们把我拦住了。他们同我讲条件，说只要我把比生活本身更美丽的梦留在门口，他们就放我进去。

"不，不。"我低声咕哝道，"我情愿回到我原来的路上去。"外衣搭在肩上，我毫无目的地，也不知为什么，或唱着歌，或吹着口哨，或哼着小曲，信步继续走我的路。田野里的聒噪声、溪水的哗哗声，还有乌鸦那不祥的叫声，不禁使我瑟瑟发抖。

后来，他们终于无条件放我进去了。然而当我置身于城市中，我却感到气闷、窒息，我透不过气来。我重又回到原野上……

今天，一位同事对我说："你就在这儿休息吧。你为什么不生活在人们中间呢？在现实中，有风平浪静的沙渚，你可以找到一些地方，那里人与人之间不会是这般凶恶、这般充满威胁。"

"朋友，"我回答说，"我是一个行者，一个到处漂泊、从不在哪儿扎下根来的人。我是风中的一分子、海中的一滴水。"

如今，我就像一个攀登者，攀上顶峰后，往身后一看，才发现原来自己走了许多冤枉路。可是，最终还是到达了目的地。

历史的长河奔流不息，变化无穷。它一直在寻找人生永恒的答案。我已经在生活中找到了我的位置。

如今，孤独不再使我悲伤，田野里悲凉的瑟瑟声、乌鸦凄苦的叫声也不再使我心惊胆战。如今，我认识了树木，夜莺在它的枝头上唱歌；我认识了星星，夜色中，它们神秘地眯着眼睛。我发现了无情时光的温柔，我赞美静谧的黄昏。晚霞中，一缕轻烟升起在地平线上。

就这样，外衣搭在肩上，我继续唱着歌，或吹着口哨，或哼着小曲，沿着这条我从未选择过的路，向前走去。

如果命运之神想切断这条路，那就随它去好了。至于我，即使我能够抗议，我也不会抗议……

宽容的人们

[美国] 房 龙

拥有崇高原则的人，即使沉浸在人生苦斗的混沌中，身上沾满了灰尘和血，即使迷失于深暗之地，其心灵深处的神性光芒和创造力也不会消失。
——黑 塞

在宁静的无知山谷里，人们过着幸福的生活。
永恒的山脉向东、西、南、北各个方向蜿蜒绵亘。
知识的小溪沿着深邃、破败的溪谷缓缓地流淌。
它发源于昔日的荒山。它消失在未来的沼泽。
这条小溪并不像江河那样波澜滚滚，但对于需求不多的村民来说，已经绰有余裕。
晚上，村民们饮毕牲口，灌满水桶，便心满意足地坐下来，尽享天伦之乐。
守旧的老人们被搀扶出来，他们在阴凉的角落里度过了整个白天，对着一本神秘莫测的书苦思冥想。他们向儿孙们唠叨着古怪的字眼，可是孩子们却惦记着玩耍别人从远方捎来的漂亮石子。
这些字眼的含义往往模糊不清。
不过，它们是一千年前由一个已不为人所知的部族写下的，因此神圣而不可亵渎。
在无知山谷里，老的东西总是受到尊敬。
谁否认祖先的智慧，谁就会遭到正人君子的冷落。所以，大家都和睦相处。
恐惧总是陪伴着人们。谁要是得不到果园里果实中应得的份额，又该怎么办呢？

深夜，在小镇狭窄的街巷里，人们低声讲述着情节模糊的往事，讲述那些敢于提出问题的男男女女。

这些男男女女后来走了，再也没有回来。

另一些人曾试图攀登挡住太阳的岩石高墙。

但他们陈尸于石崖脚下，白骨累累。

日月流逝，年复一年。

在宁静的无知山谷里，人们过着幸福的生活。

外面是一片漆黑，一个人正在爬行。

他手上的指甲已经磨破。他的脚上缠着破布，布上浸透了因长途跋涉而流出的鲜血。

他跌跌撞撞地来到附近的一间草房门前，敲了敲门。

接着他昏了过去。借着颤动的烛光，他被抬上一张吊床。

到了早晨，全村都已知道：他回来了。

邻居们站在他的周围，摇着头。他们明白，这样的结局是注定的。

对于敢于离开山脚的人，等待他的是屈服和失败。

在村子的一角，守旧老人们摇着头，低声倾吐着恶狠狠的词句。

他们并不是天性残忍，但律法毕竟是律法。

他违背了守旧老人的意志，犯了弥天大罪。

他的伤一旦治愈，他就必须接受审判。

守旧老人本想宽大为怀。

他们没有忘记他母亲的那双奇异闪亮的眸子，也回忆起他父亲三十年前在沙漠里失踪的悲剧。

不过，律法毕竟是律法，必须遵守。

守旧老人是它的执行者。

守旧老人把漫游者抬到集市区，人们毕恭毕敬地站在周围，鸦雀无声。

漫游者由于饥渴，身体还很衰弱。老者让他坐下，他拒绝了。

他们命令他闭嘴，但他偏要说话。

他把背转向老者，两眼搜寻着不久以前还与他志同道合的人。

"听我说吧，"他恳求道，"听我说，大家都高兴起来吧！我刚从山的那边来。我的脚踏上新鲜的土地，我的手感觉到了其他民族的抚摸，我的眼睛看到了奇妙的景象。

"小时候，我的世界只是父亲的花园。

"早在创世的时候,花园东面、南面、西面和北面的疆界就定下来了。

"只要我问疆界那边藏着什么,大家就不住地摇头,一片嘘声。可我偏要刨根问底,于是他们把我带到这块岩石下,让我看那些敢于蔑视上帝的人的累累白骨。

"'骗人!上帝喜欢勇敢的人!'我喊道。于是,守旧老人走过来,对我读起他们的圣书。他们说,上帝的旨意已经决定了天上人间万物的命运。山谷是我们的,由我们掌管;野兽和花朵、果实和鱼虾,都是我们的,按我们的旨意行事。但山是上帝的。对山那边的事物我们应该一无所知,直到世界的末日。

"他们在撒谎。他们欺骗了我,就像欺骗了你们一样。

"那边的山上有牧场,牧草同样肥沃,男男女女有同样的血肉,城市经过一千年来能工巧匠的细心雕琢,光彩夺目。

"我已经找到一条通往更美好的家园的大道,我已经看到幸福生活的曙光。跟我来吧,我带领你们奔向那里!上帝的笑容不只是在这儿,也在其他地方。"

他停住了,人群里发出一声恐怖的吼叫。

"亵渎!这是对神圣的亵渎!"守旧老人叫喊着,"给他的罪行以应有的惩罚吧!他已经丧失理智,胆敢嘲弄一千年前定下的律法。他死有余辜!"

人们举起了沉重的石块。人们杀死了这个漫游者。

人们把他的尸体扔到石崖脚下,借以警告敢于怀疑祖先智慧的人,杀一儆百。

没过多久,爆发了一场特大干旱。潺潺的知识小溪枯竭了,牲畜因干渴而死去。粮食在田野里枯萎,无知山谷里饥声遍野。

不过,守旧老人们并没有灰心。他们预言说,一切都会转危为安,至少那些最神圣的篇章是这样写的。况且,他们已经很老了,只要一点食物就足够了。

冬天降临了。

村庄里空荡荡的,人稀烟少。

半数以上的人由于饥寒交迫已经离开人世。活着的人把唯一的希望寄托在山脉那边。

但是律法却说:"不行!"

律法必须遵守。

一天夜里，爆发了叛乱。

失望把勇气赋予那些由于恐惧而逆来顺受的人们。

守旧老人们无力地抗争着。

他们被推到一旁，嘴里还抱怨着自己命运不济，诅咒孩子们的忘恩负义。不过，当最后一辆马车驶出村子时，他们叫住了车夫，强迫他把他们带走。

这样，投奔陌生世界的旅程开始了。

离那个漫游者回来的时间已经过了很多年，所以要找到他开辟的道路并非易事。

成千上万人死了，人们踏着他们的尸骨，才找到第一座用石子堆起的路标。

此后，旅程中的磨难少了一些。

那个细心的先驱者已经在丛林和无际的荒野乱石中用火烧出了一条宽敞大道。

它一步一步把人们引到新世界的绿色牧场。大家相视无言。

"归根结底他是对了，"人们说道，"他对了，守旧老人错了……"

"他讲的是实话，守旧老人撒了谎……"

"他的尸首还在石崖下，可是守旧老人却坐在车里，唱那些老掉牙的调子。"

"他救了我们，我们反倒杀死了他。"

"对这件事我们的确很内疚，不过，假如当时我们知道的话，当然就……"

随后，人们解下马和牛的套具，把牛、羊赶进牧场，建造起自己的房屋，规划自己的土地。此后很长时间，人们又过着幸福的生活。

几年以后，人们建起了一座新大厦，作为智慧老人的住宅，并准备把勇敢的先驱者的遗骨埋在里面。

一支肃穆的队伍回到了早已荒无人烟的山谷。但是，山脚下空空如也，先驱者的尸首荡然无存。

一只饥饿的豺狼早已把尸首拖入自己的洞穴。

人们把一块小石头放在先驱者足迹的尽头（现在那儿已是一条大道），石头上刻着先驱者的名字，一个首先向未知世界的黑暗和恐怖挑战的人的名字，他把人们引向了新的自由。

石头上还写明，它是由前来感恩朝礼的后代所建的。

这样的事情发生在过去，也发生在现在，不过将来（我们希望）这样的事不再发生了。

人　生

[英国]　戴维·赫伯特·劳伦斯

人是还记得天堂的堕落的神明。

——阿方斯·德·拉马丁

在世界的开端和末日之间出现了人。人既不是创世者又不是被创造者，但他是创造的核心。一方面，他具有创造世界的能力；另一方面，又拥有整个已创造的宇宙，甚至拥有那个有极限的精神世界。但在两者之间，人是十分独特的。人就是最完美的创造本身。

人在喧闹、不完善和未雕琢的状态下诞生，是个婴儿、幼孩，一个既不成熟又未定型的产物。他生来的目的是要变得完善，以致最后臻于完善，成为纯洁而不能被打垮的生灵，就像白天和昼夜之间的星星，披露着另一个世界，一个没有起源亦没有末日的世界。那儿的创造物纯乎其纯，完美得超过造物主，胜过任何已创造出来的物质。生超越生，死超越死，生死交融，又超越生死。

人一旦进入自我，便超越了生，超越了死，两者都达到了完美的地步。这时候，他便能听懂鸟的歌唱、夜的静寂。

然而，人无法创造自己，也达不到被创之物的顶峰。他始终四处徘徊，直至能进入另一个完美的世界。但他不能创造自己，也无法达到并保持被创之物完美的恒止状态。然而为什么非要达到不可呢？既然他已经超越了创造和被创造者的状态。

人处于开端和末日之间、创世者和被创造者之间。人介于这个世界和另一个世界之间，既兼而有之，又超越各自。

人始终被往回拖。他不可能创造自己，任何时候也不可能。他只能委身于创世主，屈从于创造一切的根本未知数。每时每刻，我们都像一种均衡的火焰，从这个根本的未知数中被释放出来。我们不能自我容纳，也不能自我完成，每时每刻我们都从未知中衍生出来。

这就是我们人类的最高真理。我们的一切知识都基于这个根本的真理。我们是从基本的未知中衍生出来的。看我的手和脚：在这个已创造的宇宙中，我就止于这些肢体。但谁能看见我的内核、我的源泉，我从原始创造力中脱颖而出的内核和源泉？然而，每时每刻我都在我心灵的烛芯上燃烧，纯洁而超然，燃烧于初始未知的冥冥黑暗与来世最后的黑暗之间。其间，便是被创造和完成的一切物质。

我们像火焰一样，在两种黑暗之间闪烁，即开端的黑暗和末日的黑暗。我们从未知中来，复又归入未知。但是，对我们来说，开端并不是结束，两者是根本不同的。

我们的任务就是在两种未知之间如纯火一般地燃烧。我们命中注定要在完美的世界，即纯创造的世界里得到满足。我们必须在完美的另一个超验的世界里诞生，在生与死的结合中达到尽善尽美。

我转过脸，这是一张双目失明但仍能感知的脸。犹如一个盲人把脸朝向太阳，我把脸朝向未知——起源的未知。就像盲人抬头仰望太阳，我感到从创造之源中冒出的一股甘泉流入我的心田。眼不能见，永远失明，但却能感知。我接受了这件礼物。我知道，我处在具有创造力的未知的入口处。就像一颗在不知不觉中接受阳光并在阳光下成长的种子，我敞开心扉，迎来伟大的原始创造力的无形温暖，并开始完成自己的使命。

这便是人生的法则。我们永远不会知道什么是起源，永远不会知道我们怎样具有目前的形状和存在。但我们有可能触摸到那生动的未知，感觉到那未知是怎样通过精神和肉体的通道进入我们体内的。谁来了？谁在夜半时分在我们门外徘徊？谁敲门了？谁又敲了一下？谁打开了那令人痛苦的大门？

于是，在我们体内出现了新的东西，我们眨眨眼睛，却看不见。我们高举以往的理性之灯，用我们已有的知识之光照亮了这个陌生人。然后，我们终于接受了这个新来者，他成了我们当中的一员。

人生就是如此。我们怎么会成为新人？我们怎么会变化、发展？这种新意和未来的存在又是从何处进入我们体内的？我们身上增添了些什么新成分？它们又是怎样才获得通过的？

从未知中，从一切创造的产生地——根本的未知那儿来了一位客人。

是我们叫它来的吗？召唤过这新的存在吗？我们命令过要重新创造自己，以达到新的完美吗？没有。没有，那命令不是我们下的。我们不是由自己创造的。但是，从那未知，从那外部世界的冥冥黑暗中，这陌生而新奇的人物跨过我们的门槛，在我们身上安顿下来。它不是来自我们自身，而是来自外部世界的未知。

这就是人存在的第一个伟大的真理。我们能来到这个世界，并不靠我们自己。谁能说，我将从我那里带来新的我？不是我自己，而是通过那通道进入我体内的未知。

那么，未知又是怎么进入我体内的呢？未知之所以能进入，就因为在我活着时，我从不封闭自己，从不把自己孤立起来。我只不过是通过创造的辉煌转换，把一种未知传导为另一种未知的火焰。我只不过是通过完善存在的外形，把我起源的未知传递给我末日的未知罢了。那么，什么是起源的未知，什么又是末日的未知呢？这难以确切地表达出来。我只知道，当我完整地体现这两个未知时，它们便融为一体，达到极点——一个完美的灵魂。

我起源的未知通过精神进入我的身体。起先，我的精神惴惴不安、坐卧不宁。深更半夜时，它听到了从远处传来的脚步声。谁来了？啊，让新来者进来吧，让他进来吧！在精神方面，我一直很孤独，没有活力。我等待新来者，我的精神却悲伤得要命，十分惧怕新来的那个人，但同时也有一种紧张的期待。我期待一次访问、一个新来者。因为，我很自负、孤独、乏味。然而，我的精神仍然很警觉，惶恐而微妙地盼望着，等待新来者的访问。事情总会发生，陌生人总会到来的。

我聆听着，我在精神里聆听着。从未知那边传来纷杂的声音。能肯定那一定是脚步声吗？我匆忙开门。啊哈！门外没有人。我必须耐心地等待，一直等到那个陌生人。一切都由不得我，一切都不会自己发生。想到此，我抑制住自己的不耐烦，学着去等待、去观察。

终于，在我的渴望和困乏之中，门开了，门外站着那个陌生人。啊，到底来了！我身上有了新的创造！啊，多美啊！我从未知中产生，又增加了新的未知。我的心变成了快乐和力量的源泉。我成了存在的一种新的成就、创造的一种新的满足、地球上新的天堂。

这就是我诞生的故事，我的灵魂必须有耐心，去忍耐、去等待。最重要的，我必须在灵魂中说：我在等待未知，因为我不能利用自己的任何东西。我等待未知，从未知中将产生我新的开端。这不是为了我自己，而是为了我那不可战胜的信念——我的等待。我必须抬起头，面对太空未知的黑暗，等待阳光照耀在我的身上。这是创造性勇气的问题。满足的玫瑰已经扎根在我的心里，它最终将在绝对的天空中放射出奇异的光辉。只要它在我体内孕育，一切艰辛就都是快乐。如果我已在那看不见的创造的玫瑰里发芽，那么，阵痛、生育对我又算得了什么？那不过是阵阵新的、奇特的欢乐。我的心只会像星星一样，永远快乐无比。我的心是一颗生动的、颤抖的星星，它终将慢慢地扇起火焰，获得创造，产生玫瑰中的玫瑰。

我应该去何处朝拜，投靠何处？投靠未知，只能投靠未知——那神圣之灵。我等待开端的到来，等待那伟大而富有创造力的未知注意我、通知我。这就是我的快乐、我的欣慰。同时，我将再度寻找末日的未知，那最后的、将我纳入终端的黑暗。

我害怕那朝我走来的、富有创造力的、陌生的未知吗？我怕，但只是以一种痛苦和无言的快乐而害怕。我怕那无形的黑手把我拖进黑暗，一朵朵地摘取我生命之树上的花朵，使我进入我终端的未知之中吗？我怕，但只是以一种报复和奇特的满足而害怕。因为这是我最后的满足，一朵朵地被摘取，一生都是如此，直至最终纳入未知的尽头——我的终点。

忧郁转瞬即逝的效应

[法国] 马赛尔·普鲁斯特

天才在孤独中最易培养,性格在暴风雨中最易形成。

——歌 德

对于那些给我们带来幸福的人我们不胜感激,他们是让我们的灵魂开花结果的可爱园丁。然而,对于那些气势汹汹或者冷若冰霜的女人,对于那些给我们带来忧愁的残忍的朋友,我们更加感激。他们践踏了我们那如今布满难以拼合的碎片的心灵,他们连根拔起树桩,损坏最娇嫩的树枝,就像一阵凄凉的风,却又为某个未知的收获季节播下了几颗良种。

他们摧毁了所有掩盖在我们的巨大痛苦之上的小小幸福,让我们的心灵陷入一种忧郁的不毛之地,同时又准许我们对此加以思索和判断。忧伤的碎片给我们带来一种类似的好处。只有高高凌驾于快乐之上才能把握这些愚弄而不是解除我们饥饿的快乐:给予我们营养的面包又苦又涩。在幸福的生活中,我们的同类的命运在我们看来并不现实,利害关系给他们罩上了面具,欲望改变了他们的面貌。然而,其他人和我们自己的命运终于在伴随痛苦而来的超脱之中,在生活和对痛苦的美的感情之中,使我们专注的灵魂听见了义务和真理那种听不见的永恒话语。一个真正的艺术家在忧郁的作品中借用那些痛苦的人的语气跟我们说话,这些人迫使每个痛苦的人放下其余的一切去聆听他们的诉说。

可惜啊!由感情带来的、由这个任性的家伙引起的这种使忧伤高于快乐的东西不像德行那样经久不衰。昨天晚上,悲剧还让我们如此升华,我们怀着一种明智而又真诚的同情,从悲剧的主题和现实意义中反思我们自己的生活,而今天早晨我们却把它忘得干干净净。也许,一年之后,对一个女人的背叛、一位朋友的死会给我们带来安慰。风在梦的残骸之中,在枯萎的幸福的凋零之中,把良种播撒在眼泪的波涛底下,而眼泪不等种子发芽就会很快干枯。

声 音

[阿根廷] 安东尼奥·波契亚

如果一个人没有精神支柱,他就要受到世界的束缚。

——高尔基

在我起程上路之前,我是我自己的路。

一个看出每一样事物如何轧空它自己的人,接近于知道每一样事物将以什么充满。

我发现我最初的整个世界,在我贫匮的面包上。

幼年时代即所谓永恒,而余下的,所有这余下的,短促,极其短促。

人不走向任何地方。每一件事物走向人们,像这早晨。

一道门为我打开。我进入,并将面对一百道关上的门。

我的贫穷还没有完成,它需要我。

我几乎不曾触及泥土,而我是用它做成的。

如果你不抬起眼睛,你始终会感到你就处在一个最高的点上。

每一件事物都像河流:倾斜的成果。

当我睡着时我梦见我醒的时候所梦见的什么。这是一个持续的梦。

一个用细丝缚住我的人并不强大,强大的是这细丝。

峰顶的向导,在峰顶之上。

是的,我将试着去成为,因为我相信不去生存是傲慢的。

盲人携带着一颗星在他的肩上。

没有人理解你已给予的事物,你必须给予得更多。

虚无不仅仅是虚无,它也是我们的监狱。

这个世界什么也不理解,除了言辞,而你进入它几乎什么也不必带入。

影子:一些藏着,另一些显示。

你的疼痛如此巨大，也许它不能够伤着你。

谁不以幻象充满他的世界，谁就将归于孤独。

一千年来我一直在问着我自己："现在我将如何？"而我依然不需要回答。

当我朝向一些不属于这个世界的念头，我感到这世界仿佛被扩展了。

我的重量，来自高处。

人类的苦难，当它入睡时它是无形的；如果它醒来，它具有醒者的形状。

人测度着生活，而他被虚无测度着。

我在我自己里面如此之小，以至于他们在和我一起做什么时几乎不曾注意到我。

长期以来，像它所不能成为的那样，它对每一个可以成为的事物几乎都是一个耻辱。

沿着直线缩短距离，这也是生命。

在我自己之内，许多我不再继续的，它们自己在那里继续。

苦难并非跟着我们，它走在我们前面。

比眼泪更多的悲痛是他们的视力。

我从每一事物中迈出一步。而我停在这里，远离万物，这距离仅一步之遥。

我们成为空缺的一部分，当我们填充着它。

我的死者继续受苦于我活着的疼痛里。

我疲惫于浅薄的事物，我被它弄得如此疲惫，以至于我需要一个深渊得以休息。

他们说你走错了道路，只因为这正是你自己选择的。

我也拥有一个夏天并燃烧我自己在它的名字里。

一个新的疼痛加入，而屋主的老疼痛接受它——以它们的沉默，而不是以它们的死亡。

这大地是你从大地上提升的东西，它不会有更多的意味。

我们拥有一个给每一个人的世界，但我们不拥有一个给所有人的世界。

你是悲哀的，因为他们抛起你而你并不坠落。

所有我已失去的我都能在每一次落足中得到发现，并记住我已失去了它。

一个孩子炫耀他的玩具，而大人藏起他自己的。

在我的沉默中，唯有我的声音是必需的。

仅有很少的人到达虚无，因为路很长。

如果我不相信太阳看了我一眼，我将不去看它。

我的时间的粒尘和永恒一起玩着。

无论我走在什么地方，我的边总在左边。我生在这个边上。

苦难在上面，不在下面。而每个人认为苦难在下面，每个人都想升上去。

一个制作面包天堂的人是在制作他的饥饿的地狱。

我最终的信念是苦难，由此我开始相信我并不受苦。

一双既不属于天国也不属于大地的翅膀。

人是空气中的空气，为了成为空气中他不得不落下的某一个点。

每次我醒来，我理解一切是多么容易成为虚无。

长期以来，我们以为我们配得上某些称赞。我们弄错了我们自己。

有时我在夜里点亮一盏灯，为了不去看。

我在寻找我的存在时，并不是在我自己里面寻找它。

你被他们固定住而不理解何以如此，因为他们并不曾固定你。

每一件在我的限度内忍受的事物，将在别的地方失去限度。

我们领悟于某种我们不能看但却照亮我们内心的事物。

当我不在云里走时，我走起路来仿佛我处在失落的边缘。

苦难已失去它们的记忆，不要追问它们何以如此。

唯有伤痛在说它自己的言辞。

如果你发现某一件事物像你寻找的一样快，那么你会发现它是无意义的，你寻找它也是徒劳的。

泥土，当它离开泥土时，它也不再是泥土了。

成为某种人意味着独自地成为某种人。成为某种人是孤独的。

在另外的时间说给我的言辞，我现在听。

和赞美相比，爱对我来说总显得相对地容易。

我保持住我所知道的，连同我所不知道的。

在最好的庇护里不如在它们的门口。

沉　思

[法国] 苏利·普吕多姆

> 痛苦这把犁刀一方面割破了你的心，一方面掘出了生命的新的水源。
> ——罗曼·罗兰

易变质、易发生变故的东西永远不能成为幸福的来源，因为我们不能把必须持久的幸福与必然短暂的快乐混为一谈。所以，我们应当在不可侵犯的东西中寻找幸福。事实令人宽慰，人们在灵魂的三大能力中找到了命运、时间和专制的暴力所无法接近的欢乐因素：科学是神圣不可侵犯的，变化是神圣不可侵犯的，爱是神圣不可侵犯的。因此，为了幸福，让我们寻找真理，即上帝本身；让我们获得自己，也就是说要战胜自己的激情；我们尤其要有爱心，这是最便利的极乐之路。我激动地看到幸福主要来自这个世界，因为在这里人们可以进行研究，人们有竞争的强烈愿望，诗让我们去爱一切。

很明显，幸福在于我们实现了自己的意志和愿望。为了得到满足，愿望要求一种陌生的、独立于我们的意志的意志与它保持和谐、一致。为了更保险地得到幸福，最好去渴盼最不可能得到的东西，与此同时，在我们的愿望最不可能遇到障碍的事物上去实现我们的愿望，所以，应该放弃尘世上的东西。然而人又生活在尘世之中，因此，没有对上天的希望。幸福的本质都是矛盾的，取消了上天，斯多葛派最大的幸福还不如一小时的欢乐。

使人幸福的只能是人们所感到的而不是人们所得到的；使人伟大的是人们的思想而绝不是人的幸福。幸福比伟大更有价值吗？野蛮胜于文明吗？啊！给我们以快乐而绝不要不幸！懂得受苦的人比幸福的人要强得多！我们珍惜奋力忍受痛苦而获得的荣耀，正如士兵珍惜给他点缀胸口的伤疤一样。卢梭不懂得这点。

快乐不过是痛苦的暂时停止，幸福则对痛苦毫无知晓。

幸福由于其自身的条件而区别于快乐，它有可能持续和永久。它建立了一种气氛，而快乐只造就了一道闪电、一种短暂的兴奋。

人们没能充分地分清拥有和欢乐这两个概念。如果人们得到一种利益后还一直对能够拥有这种利益感到高兴，这种拥有就是幸福。可随着我们财富的不断增加，我们欲望的界限也在不断地扩大。没错，我们只想得到我们希望能得到的东西，可我们拥有得越多，我们的希望也越多。我们最初的愿望的窄圈就这样一直扩展得无穷无尽。

爱情是幸福的巨大源泉，可世上的东西都是要消亡的，并且在消亡中使我们痛苦，所以，应该依恋永恒的事物，在这依恋当中寻找幸福。可永恒的东西并非每个人都可以得到的，美和真也是这样。不过，为了使幸福成为可能，生活曾想让永恒的善能够为大家所得。

过去和未来都不属于我们，但它们用回忆、悔恨、希望和恐惧带来了现阶段我们最重要的那份感觉。所以，幸福不是别的，而是回想和预感。

每个生灵所需的东西似乎都与其智慧成正比。那一无所有的才子，如果他的整个灵魂全是智慧，不是应该比只有本能的野蛮人分到更多的东西吗？但他还得到一颗用来感受痛苦和欢乐，尤其是用来爱的心。然而这颗心没有使他更为幸福。他历尽千辛万苦，终于找到了舒适和安逸，但他惊奇地发现这并不是幸福。于是他找啊找啊，询问世人，拍打额头。他没想到心是他想用才智来满足一切的欲望之源，没想到才智在他的各种能力中并不是无穷尽的，正如心在他的愿望中不是无穷尽的一样。人们遗忘之迅速不亚于渴望之迫切，当他达到寻找的目的地时，他只感到快乐，即一点点幸福，理由非常简单：他的发现起初给他带来了一种额外的快乐，这种快乐不久就成了他的必需品；从此，他不会因拥有这种新的利益而感到更加幸福，而这利益一旦失去，他会感到不幸。人们平时会因自己有两条胳膊而感到过某种满足吗？人们从来没想过这一点，他们带着健全的肢体自杀。相反，人们不是想创造第三条胳膊吗？那是多么快乐的事！可从此如果只剩下两条胳膊，那将是一种不幸。所以大部分发现只是不断地使人失去可能失去的东西，而不是增添真正的快乐。想象力越丰富，失去的越多；想象力越贫乏，得到的越多。前者关心他所拥有的，后者关心他所没有的，谁都不高兴，最后只剩下一般的。可对大多数人来说，一般比不幸更难以忍受，因为任何丰富的东西都能满足可怜的虚荣心。

对于某些赌徒，如数收下他们输掉的钱还不如把这些钱中的1/4还给他们，这样他们会把最后一分钱也扔进水中。正如我曾说的，任何事情做到头都有一种因做得不三不四而感到的苦涩的快乐。我们似乎把自己的未来抛给了命运，以便从它那儿夺回昔日被它剥夺的欢乐。

假如人们只知道该用什么方法去死，那还仅仅是想到死。怀疑在这一点上使我们平静，而在所有别的方面则折磨着我们，这很令人费解。人们也可能不怕死亡，因为时间是用一系列短暂而无穷的时刻组成的，在这当中，人们确信自己活着。

人们无须思考死亡，因为人不能把自己的思想集中在这个问题上。最深刻的哲学家不会去探究自己的映象，映象强烈得使哲学家不会有更多的虚荣心去谈论它。

死亡面前人人平等，为什么知道这一点很令人欣慰？

如果一种痛苦是普遍性的，这种痛苦会好受些吗？是的，普遍性的东西是本质的东西，因而不会是一种痛苦。

假如说所有的人都会死，那是符合自然规律的，那么死亡对我们来说是一种好处，好处就在于我们的命运和本质保持了一致。罗马皇帝玛克·奥雷尔感觉到了这一点。

哲学家和布道者徒劳无功，他们最精彩的演出也不能真正使人害怕死亡；人们只害怕目前和可见的死亡，只有死亡本身的威胁使人们恐惧。

生活，就是死亡。神圣的安眠来自这个吻。

只要我们还活着，死亡就是哲学家的思辨。现在，洞挖好了，应该下去了，可底下有些什么东西？

一半是野兽，一半是天使

[法国] 帕斯卡

克服自己，是人类的胜利中最伟大的胜利。

——柏拉图

矛盾，在已经证明了人的卑劣和伟大之后——人们在现在就必须正确认识自己的价值。人应当爱自己，因为在人身上，有着能够实现完美的天性。但是不能因此去爱自己身上的卑劣。人应当鄙视自己。因为尽管可以实现完美，但这种能力却并无价值。但是不能因此就鄙视这种天赋的能力。人应当憎恶自己，同时热爱自己。人本身具有认识真理和适应幸福的能力，但是人却根本没有掌握永恒的真理、完全的真理。

因此，我要引导人们，让他们从心里渴求探索真理，这是为了使人们醒悟自己的知识怎样因情念的遮蔽而朦胧、混沌，并能够从这种情念中解脱，前往真正的真理所在，去追求真理。因为尘世的情念具有可以随意摆布人们的力量，所以希望人们因觉醒而憎恶那有害于自身的情念。这样，在选择自己的道路时，也不会因情念而至于盲目。而且一旦选定，也不会被情念阻塞这一道路。

我们要让普天下的民众都知道自己，甚至为我们不复存在之后的来者所知。我们是如此狂傲。可是，我们如果听到周围五六个人的奉承，就会因此而心满意足。我们又是如此空虚。

不向人指出人的伟大，仅仅使人看到自己怎样与野兽相等同，这是危险的。可是，不向人指出他的卑劣，仅仅使他看到他的伟大，也是危险的。如果使他对两者都茫然无知，那就更危险了。若把这两方面都向他指明，就是极其有益的。

人不能认为自己等同于野兽，也不能认为自己等同于天使，更不能对这两方面都无认识，人必须同时认识到这两个方面。

矛盾——人生来就是轻信的、多疑的、怯懦的、鲁莽的。

如果他狂傲自大，我就贬斥他；如果他谦卑自损，我就颂扬他。

我始终与其相违背，直到他终于醒悟，自己犹如不可理解的谜语为止。

进一步说，如果不凭信仰，任何人都无法确定自己是醒着的还是睡着的。有这样的情形，人们即使在睡眠中，也坚信与醒着的时候同样清醒，认为现在是醒着的，可以看到物体的大小、形态和运动，感到时光流逝，并可以测算它。总之，一切活动都完全与清醒时一样。于是，人生的一部分，正如我们自己所说的那样，在睡眠之中度过，那时无论显现出什么，绝非真实的感觉。这时我们感到的一切，都不过是幻影。如果是这样，那么人生中我们认为是醒着的另一部分，与这种睡眠状态略有不同，难道不能说只不过是另一种睡眠吗？而且，在认为自己是在睡眠中时，难道不是也有实际上从睡眠中觉醒的吗？……

那么，人可以说确实掌握着真理吗？即使稍加夸大，勉强得出这样的结论，也不能公开堂堂正正地确立真理所有者的资格，人最终仍将放弃这一权利。

人是怎样的怪异啊！是何等奇妙、何等怪诞、何等蒙昧、何等充满矛盾、何等令人惊异啊！既是万事万物的审判官，又是愚蠢的下界的虫豸；既是真理的寄主，又是虚假、谬误的垃圾，宇宙的废物。

谁能梳理这复杂纷乱的现实呢？……

自然，使皮伦之徒窘困；理性，使教条主义者窘困。以自然的理性在探索着自己真实的状态是怎样的人啊，你们最终会变成什么样子呢？你们无法避开这两派之中的任何一派，也不能为其中任何一派所束缚。

高傲的人啊，那么，请你们认识自己一无所成的事实吧！无能的理性啊，可以谦虚一些了！愚蠢的自然啊，请你沉默吧！应当认识到，人是无限地超越自身的，而且自己所不能理解的自己的真正状态，也可以从神那里得到教示。请谛听上帝的圣训吧！

我们渴望求得真理，然而从自身发现的，却只是不确实。

我们追求幸福，然而我们得到的却只是悲愁与死亡。

我们绝不是不期求真理与幸福，可是，却既不能得到确定的认识，也不能得到幸福。

这一愿望遗留给我们，既是为了惩罚我们，又是为了使我们觉察到自己是从何处堕落的。

在危险之外惧怕死亡，在身临险境时却无所畏惧，这就是所谓人。

人既不是天使，也不是野兽。不幸的是：想成为天使者相反却沦为野兽。

我的呼吁

[法国] 史怀哲

从呼喊的深渊中，从一切憎恨的深渊中，我要向您高歌，神圣的和平。
——罗曼·罗兰

我要呼吁全人类，重视尊重生命的伦理。这种伦理，反对将所有的生物分为有价值的与没有价值的、高等的与低等的。这种伦理否定这些分别，因为评断生物当中何者较有普遍妥当性所根据的标准，是以人类对生物亲疏远近的观感为出发点的。这标准是纯主观的，我们谁能确知他种生物本身有什么意义？对全世界又有何意义？这种分别必然产生一种见解，以为世上真有无价值的生物存在，我们能随意破坏或者伤害它们。由于环境的关系，昆虫或原生动物往往被认为是没有价值的。但事实上，我们的直觉意识到自己是有生存意志的生命，环绕在我们周围的，也是有生存意志的生命。这种对生命的全然肯定是一种精神工作，有了这种认识，我们才能一改以往的生活态度，而开始尊重自己的生命，使其得到真正的价值。同时，获得这种想法的人会觉得需要对一切具有生存意志的生命采取尊重的态度，就像对自己一样。这时候，我们便进入另一种迥然不同的人生经验。

这时候，善就是：爱护并促进生命，把具有发展能力的生命提升到最有价值的地位；恶就是：伤害并破坏生命，阻碍生命的发展。这是道德上绝对需要考虑的原则。由于尊重生命的伦理，我们将和全世界产生精神上的关联。平时我都尽力保持清醒的思考和感觉，而怀着善的信念，时时依据事实和我的经验去从事真理的研究。

今日，隐藏在欺瞒之后的暴行正威胁着全世界，造成空前烦闷的气氛。虽然如此，我仍然确信真理、友好、仁爱、和气与善良是超越一切暴行的力量。只要有人始终充分地思考，并实践仁爱和真理，世界将属于他。现世的一切暴力都有其自然的限制，早晚会产生和它同等或者超越它的对抗性暴力。可是良善所发挥的作用却是单纯而持续不断的。它不会产生使它自己停顿的危机，却能解除现有的危机。它能消除猜疑和误解。因此，良善将建立无可动摇的基础，而追求良善是最有效的努力。一个人在世间所做的善行，会影响他人的心理和思想。我们最愚昧的错误就是不肯认真去冒险为善。我们常常不使用能为我们增添千百倍力量的杠杆，就想移动重物。耶稣曾经说过一句发人深思的至理名言：温柔的人有福了，因为他们必承受土地。

尊重生命的信念要求我们去帮助所有需要帮助的人。防治大众疫病的奋斗是永远不应终止的。我们对旧日殖民地的民众所给予的善良帮助，并不是什么慈善事业，而是赎罪，因为从我们最初发现航线，到达他们的海岸以来，我们已经在他们身上犯下了许多罪恶。所以白人和有色人种必须以伦理的精神相处，才能达到真正的和解。为了实践这种精神，我们应该推行可持续发展的政策。凡受人帮助，从艰难或重病中得救的人，必须互助，并帮助正在受难的人们。这是受难的人们之间的同胞爱。我们对所有的民族都有义务用人道行为及医疗服务来帮助他们，而且从事这些工作时应带着感谢和奉献的心情。我相信必有不少人挺身而出，怀着牺牲的精神替这些受难的人服务。

可是，今天我们还深陷在战争的危机里。我们正面临着两种冒险之间的选择：一种是继续毫无意义的原子武器竞赛，甚至是接踵而来的原子战争；另一种是放弃原子武器，并寄望于美国和苏联以及其他盟邦，能在互相信任的基础上，和平共存。前者不可能为将来带来繁荣，但是后者可以给人类带来繁荣与幸福。我们必须选择后者。也许有人会以为他们可以利用原子装备来吓退对方，可是在战争危机如此高涨的时刻，这种假设毫不值得重视。

今后，我们的目标是使国家与国家之间的问题，不再以战争的方法来解决。我们必须寻求和平的方法来解决问题。我敢表白我的信心：当我们能从伦理的观点来拒绝战争的时候，我们必定能以谈判的方法来解决问题。战争到底是非人道的。我确信，现代人的理性必能创造出伦理的观点。因此，今天我将这个真理向世人宣布，希望它不会只被当做虚假而无力的文字，以致实际上根本就被置于一旁。

希望掌握国家命运的领袖们，能致力避免一切会使现况恶化、危险化的事情。希望他们铭记使徒保罗的名言："若是能够，总要尽力与众人和睦。"这不但是对个人之间的关系而言，也是对民族之间的关系而言。希望他们能互相勉励，尽一切可能维持和平，使人道主义和尊重生命的理想有充分的时间发展。

开阔的天空

[英国] 拉斯金

> 自然拥有一副简单的翅膀，它们绝不会因时间而磨损、损坏，它们总是有效且多姿多彩地舞动着。
>
> ——歌德

对于天空，人们的认识实在太少，这简直是一件咄咄怪事。天空是大自然的杰作之一，大自然为了创造它所花费的精力多于她为创造其他的一切所花费的精力，其目的显然是为了取悦于人，向人们传递信息，给人以启迪，然而在这方面我们对她却很少注意。就她的大部分杰作而言，每一个组成部分除了取悦于人的作用外，还能满足更实质的或主要的目的；而那些不能满足这个目的的自然杰作，毕竟为数不多。不过，据我所知，倘若三五天内天空有一次被丑恶的大片黑色雨云所覆盖，万物都被滋润了，因而所有的一切又呈现出蓝色，直到下一次被蒙上一层能带来露水的晨雾或暮霭。在我们的一生中，大自然无时无刻不展现出一幕又一幕的景色、一幅又一幅的图画、一种又一种的壮观，而且没有一刻不按照精美的、永恒的、最完善的原则在运动，使我们确信这一切变化都是为了我们，旨在使我们获得永恒的快乐。任何人，无论在什么地方，距离名胜或美景多近，都不能永远享有这一切。地球上的美景只能为少数人感知和察觉，谁也休想时刻生活在其中；谁要是时刻生活在其中，那么，他的存在便要破坏这些优美的景色，而他本人也不可能再感知美景的存在。但天空不同，它是为所有的人而存在的。天空虽然明朗，但还不至于——

太明亮耀眼，
使得人间难以为炊。

它所有的作用都是为了给人以永恒的慰藉，促进人的快乐，使人心境平和，清除人们内心的尘埃和废物。它时而温文、时而任性、时而可怕，无论何时都存在着差别；它的感情近乎常人，它的温柔近乎心灵，它的博大近乎神明；它与我们的心灵相契合；它以绝对的公平惩罚和抚慰着人类。然而，除非它的变化影响着我们物质的收益，否则，我们绝不会注意它，把它当做我们思考的课题。有些因素使得它能更清楚地向我们传递信息，甚于向野兽传递信息；另一些因素能证明它有意让我们从它那里获得的东西，多于我们从我们与野果、蜥蜴共享的阳光雨露那儿获得的东西。

对所有这些因素，我们常常会认为那是一连串没有意义的、单调的、偶然的东西；认为它们太普遍、太无益，不值得我们予以瞬间的关注，投去赞美的一瞥。当我们感到无比懒散、平淡无味，视仰视天空为消遣时，我们谈论天空的哪一种现象呢？有人说，下了雨；有人说，刮了风；也有人说，天气暖和了。在这一群聊天者当中，谁能告诉我，昨日下午给地平线镶了一道边的那些雪白的、绵延不断的大群山是什么形状，它们的悬崖峭壁怎么样？谁看见从南面射来的长而窄的阳光照耀群山之巅，一直照到它们化为蓝色的烟雨呢？谁看见昨日阳光隐退、夜色来临后，那一片片死气沉沉的云迎风起舞，像枯枝败叶一样被西风席卷而去呢？上述景象已经过去，自己不曾看见，也谈不上后悔。但我们应摆脱这种淡漠的感情，哪怕只是一瞬间，也将其视为突出于一般的或不寻常的事情而加以珍惜。因为壮丽之美，不在于大自然能量的广博而强烈的表现，也不在于冰雹撞击而发出当当的声音，更不在于旋风的席卷。神既不存在于地震之中，也不存在于雷火之中；他只存在于平静的细语中。大自然低级、迟钝的功能才通过强烈的变化表现出来。庄严、深邃、沉静、不突出的情事，当它们缓慢地、静悄悄地演变时，其中就寄寓着我们察见之前必须探索的、我们理解之前必须热爱的东西；寄寓着永不短缺、永不重复、需要时刻求索而又只能获得一次的东西。唯有通过这一切，才能获得献身的教益和美的祝福。

所有这些都是怀着崇高目的的艺术家必须探求的，艺术家也只有与这一切相结合才可能产生自己的理想。对这一切，普通的观察家往往很少注意，因此，我确信不关心艺术的普通人对天空的认识大部分都来自图画，而不是来自现实。在谈云的时候，倘若我们研究一下大多数受教育者心目中云的概念，我们便不难发现，他们的这些概念都是由老资格的艺术大师对蓝、白两色的追忆构成的。

我的灵魂劝导我

[黎巴嫩] 哈·纪伯伦

自私自利只是动物本性在我们身上的体现。人性开始于自我的让步。
——亨利·弗雷德里克·艾米尔

我的灵魂同我说话，劝导我爱别人憎恨的一切；

劝导我同别人所诽谤的人们友好相处。

我的灵魂劝导我、启发我：爱不仅使爱者尊严高贵，而且使被爱者尊严高贵。

在此之前，我认为爱是彼此挨近的两朵花之间的一丝蛛网；

如今在我心目中，爱变成了神圣的光环，无始无终——

环绕着已经存在的一切，而且永远在增长扩大，以拥抱那行将存在的一切。

我的灵魂劝导、教育我洞察那为形式和色彩所遮掩的美。

我的灵魂责令我目不转睛地注视着被人认为丑的一切事物，直到我看出美来。

在我的灵魂这样责令我、劝导我之前，

我看到的美仿佛是一炷炷浓烟之间的摇曳不定的火焰，

可是如今浓烟消散了，化为乌有了，我只看见火焰在熊熊燃烧。

我的灵魂劝导我、责令我谛听那并非来自舌上嗓间的声音，在此之前，我的听觉迟钝，只有喧哗吵闹和高声大叫传到我的耳边，

可是如今我学会了谛听寂静，

听见了寂静的唱诗班唱着世纪的歌，

吟咏着空间的诗，解释着永恒的秘密。

我的灵魂同我说话，劝我用那不能倒在杯里、举在手里，也不能沾在

唇上的醇酒解渴。

在此以前，我的干渴就像是灰堆里的一点暗淡的火星，

随便哪个泉水的一滴水，都能把这火星扑灭；

可是如今我的渴望变成了我的杯子，

爱情变成了我的醇酒，而孤寂则变成了我的欢乐。

我的灵魂劝导、责令我寻求那看不见的事物；

我的灵魂向我启示：我们掌握在手里的，便是我们的欲望所追求的。

过去我满足于冬天的温暖和夏天的凉风，

可是如今我的手指变得像雾一样，

让手里掌握的全都落掉，同我的欲望如今所追求的、看不见的事情混成一片。

我的灵魂同我说话，邀请我呼吸一棵树的芳香，

这棵树无根、无干、无花，没有人看见过。

在我的灵魂这样劝导我之前，我总是在花园里，在插着馥郁的香草的瓶子里，在盛着薰香的器皿里，去寻找芳香；

可是如今我只知道一种不能点燃的薰香，

它发出的香气，较之大地上一切花园里的气息，以及宇宙空间一切风所吹送的气息还要芬芳馥郁。

我的灵魂劝导我、责令我在未知而危险的事物呼唤我的时候，一定要回答道："我来了。"

在此之前，我只回答过市场上叫卖者的声音，

只走那有地图可凭的、大家都走过的道路；

可是如今那已知的成了一匹骏马，以便我跨上去寻求那未知的，

道路变成了一架梯子，我可以借此攀登危险的顶峰。

我的灵魂劝导我、忠告我用这句格言衡量时间：

"有过一个昨天，并且行将有一个明天。"

在此之前，我认为过去是个已经消失和行将被忘却的时代，

而将来是个我所达不到的时代；

可是如今我懂得了这个道理：

在短促的现在里，一切时间，以及时间中的一切，都完成了、实现了。

我的灵魂同我说话，给我启示：我不能因"这儿，那儿，远在那一边儿"这些话而为空间所局限。

从前我站在我的山上，其他的山似乎是遥远的，
可是如今我知道我所居住的山事实上便是众山，
我所下降的山谷包括一切山谷。

我的灵魂劝导我、要求我在别人睡觉时守夜，在人醒来时才落枕安睡，
因为在过去的岁月里，我都没有观察他们的梦，他们也没有观察我的梦。

可是如今我在白天的梦中插翅飞翔，
而他们睡眠时我看到他们在夜间自由解脱，我为他们的自由而欢欣鼓舞。

我的灵魂劝导我、告诫我：不要因为过分称赞而得意扬扬，不要因为害怕责备而苦恼万分。

在此之前，我怀疑自己亲手做的事情的价值，
可是如今我懂得了这个道理：
树木春天开花，夏天结果，
秋天落叶，冬天光秃秃的。
既不得意扬扬，又不害怕和害臊。

我的灵魂劝导我，使我确信：
我不比侏儒高大，也不比巨人矮小。

在此之前，我认为人类可分成两种：
一种是弱小者，我嘲笑或怜悯他们；
一种是强者，反叛之际我不是跟随他们就是反对他们。

可是如今我知道了：制造我的尘土，必就是用以创造众人的同一尘土；
我的种种元素也就是他们的种种元素，而我的内在的自我也就是他们的内在的自我。

我的奋斗就是他们的奋斗，而他们的经历便是我自己的经历。

如果他们违法犯罪了，那么我也是违法的罪人；如果他们做了好事，那么其中也有我的一份功劳。

如果他们起飞，我也同他们一起起飞；如果他们落后，我也陪着他们落后。

我的灵魂劝导我、教诲我：我看到我拿在手里的灯不是我的光，
我奏的歌不是我内心里创作出来的。

因为，虽然我带着灯旅行，我可不是灯光；

虽然我是配着琴弦的琴,我却不是演奏诗琴的人。

我的兄弟、我的灵魂劝导我,我的灵魂启发我。

而你的灵魂,也时常劝导你和启发你。因为你像我一样,我们之间并无区别;

所不同的,不过是我把自己沉默时听到的内心里的东西,用语言表达出来罢了,

而你却守卫着你内心里的东西,你守得很牢,正如我说得很多一样。

我为何而生

[英国] 罗 素

人为何而生？不就是为了成为一个改革者、一个对一切现实的再创造者、一个谎言的抨击者、一个真与善的恢复者？

——爱默生

  对爱情的渴望、对知识的追求、对人类苦难不可遏制的同情，是支配我一生的单纯而强烈的三种感情。这些感情如阵阵飓风，吹拂在我动荡不定的生涯中，有时甚至吹过深沉而痛苦的海洋，直抵绝望的边缘。

  我所以追求爱情有三方面的原因。首先，爱情有时给我带来狂喜，这种狂喜竟如此有力，以至于使我常常会为了体验几小时爱的喜悦，而宁愿牺牲生命中其他的一切。其次，爱情可以摆脱孤寂——亲历那种可怕孤寂的人的战栗意识有时会由世界的边缘，观察到冷酷无生命的无底深渊。最后，在爱的结合中，我看到了古今圣贤以及诗人们所梦想的天堂的缩影，这正是我所追寻的人生境界。虽然它对一般的人类生活也许太美好了，但这正是我透过爱情得到的最终发现。

  我曾以同样的感情追求知识，我渴望去了解人类的心灵，也渴望知道星星为什么会发光，同时我还想理解毕达哥拉斯的力量。

  对爱情与知识的追寻，总是引领我到天堂的境界，可对人类苦难的同情却经常把我带回到现实世界。那些痛苦的呼唤经常在我内心深处引起回响。饥饿中的孩子，被压迫、被折磨者，孤苦无依的老人，以及全球性的孤独、贫穷和痛苦的存在，是对人类生活理想的无视和讽刺。我常常希望能尽自己的微薄之力去减轻这不必要的痛苦，但我发现我完全失败了，因此我自己也感到很痛苦。

  这就是我的一生，我发现人是值得活的。如果有谁再给我一次生活的机会，我将欣然接受这难得的赐予。

鸟　啼

[英国] 戴维·赫伯特·劳伦斯

直接触及生命的灵魂，才是生活的翅膀、思想的自由的精灵。

——莎士比亚

严寒持续了好几个星期，鸟儿很快地死去了。田间灌木篱下的每一个地方，横陈着田凫、椋鸟、画眉、鸫鸟和数不清的腐鸟的血衣，鸟儿的肉已被隐秘的老饕吃净了。

而后，突然间，一个清晨，变化出现了。风刮到了南方，海上飘来了温暖和慰藉。午后，太阳露出了几星光亮，鸽子开始不间断地缓慢而笨拙地咕咕叫。鸽子叫着，尽管带着劳作的声息，却仍像在受着冬天的日浴。不仅如此，整个的下午，它们都继续着这种声音，在平和的天空下，在路面上的冰霜完全融化之前。晚上，风柔顺地吹着，但仍有零落的霜聚集在坚硬的土地上。之后是黄昏的日暮，从河床的蔷薇棘丛中，开始传出野鸟微弱的啼鸣。

这在严寒的静穆之后，令人惊异，甚至使人骇异了。当大地还散布着厚厚的一层支离的鸟尸之时，它们怎么会突然歌唱起来？从夜色中浮起的隐约而清越的声音，使人的灵魂骤变，几乎充满了恐惧。当大地仍在束缚中时，那小小的清越之声怎么能在这样柔弱的空气中，这么流畅地呼唤复苏呢？但鸟儿却继续着它们的啼鸣，虽然含糊，若断若续，却把明快而萌发的声音抛入了苍穹。

几乎是一种痛苦，这么快发现了新的世界。万物已死。让万物永生！但是鸟儿甚至略去了这宣言的第一句话，它们啼叫的只是微弱的、盲目的、丰美的生活！

那是另一个世界的。冬天离去了。一个新的春天的世界。田地间响起斑鸠的叫声，但它的肉体却在这突然的变幻中萎缩了。诚然，这叫声还显得匆促，泥土仍冻着，地上仍零散着鸟翼的残骸！但我们无可选择，在不能进入的荆棘丛底，每一个夜晚以及每一个清晨，都会响起一声鸟儿的啼鸣。

它从哪儿来呀，那歌声？在这么长的严寒之后，它们怎么会这么快复生？它活泼，像井源、像泉源，从那里，春天慢慢滴落又喷涌而出。新生活在它们喉中凝成悦耳的声音。它开辟了银色的通道，为着新鲜的夏日，一路潺潺而行。

所有的日子里，当大地受窒、受扼，冬天抑制一切时，深埋着的春天的生机一片寂然。它们只等着旧秩序沉重的阻碍退去，在冰消雪化时降服。然后就是它们了，顷刻间现出银光闪烁的王国。在毁灭一切的冬天巨浪之下，伏着的是宝贵的百花吐艳的潜力。有一天，黑色的浪潮定会精力耗尽，缓缓后移；番红花就会突然间显现，在后方胜利地摇曳。于是我们知道，规律变了，这是一个新的朝代。喊出了一个崭新的生活！生活！

不必再注视那些曝露四野的破碎的鸟尸，也无须再回忆严寒中沉闷的响雷以及重压在我们身上的酷冷。不管我们情愿与否，那一切是统统过去了，选择不由我们。如果情愿，寒冷和消极还可以在心中再驻留一刻，但冬天走开了，不管怎样，日落时我们的心会放出歌声。

即使当我们凝视那些遍地散落、尸身不整的鸟儿腐烂而可怕的景象，屋外也会飘来一阵鸽子咕咕的叫声，灌木丛中出现了微弱的啼鸣，变幻成幽微的光。无论如何，我们站着，端详着那些破碎不堪的毁灭的生命，我们是在注视着冬天疲倦而残缺不全的队伍从眼前撤退。我们耳中充塞的，是新生的造物清明而生动的号音。那造物从身后追赶上来，我们听到了鸽子发出的轻柔而欢快的隆隆鼓声。

或许我们不能选择世界，我们不能为自己做任何选择。我们用眼睛跟随极端的严冬那沾满血迹的骇人的行列，直到它走过去。我们不能抑制春天。我们不能使鸟儿沉默，不能阻止大野鸽的沸腾。我们不能滞留美好世界中丰饶的创造，不让它们聚集，不许它们取代我们自己。无论我们情愿与否，月桂树就要飘出花香，绵羊就要站立舞蹈，白屈菜就要遍地闪烁，那就是新的天堂和新的大地。

它就在我们中间，又不将我们包容。那些强者或许要跟随冬天的行列从大地上隐遁。但我们这些人，我们是毫无选择的，春天来到我们中间，银色的泉流在心底奔涌，那是喜悦，我们禁不住。在这一时刻，我们接受了这喜悦！变化的初日，啼唱起一首不凡又短暂的颂歌，一个在不觉中与自己争论的片断。这是极度的苦难所禁不住的，是无数残损的死亡所禁不住的。

这样一个漫长、漫长的冬天，冰霜昨天才裂开，但看上去，我们已把它全然忘记了。它奇异地远离，像远去的黑暗。不真实，像深夜的梦。新世界的光芒摇曳在心中，跃动在身边。我们知道过去的是冬天，漫长、可怖；我们知道大地被窒息、被残害；我们知道生命的肉体被撕裂，又零落遍地。但这些追忆来的知识是什么？那是与我们无关的，是与我们现在的状况无关的。我们是什么？什么看上去是我们时常的样子？正是这纯粹的造物胎动时美好而透明的原形。所有的毁灭和撕裂，啊，是的，过去曾降在我们身上，曾团团围住我们！它像高空中的一阵风暴、一阵浓雾，化成一阵倾盆大雨。它缠在我们周身，像乱麻绕进我们的头发，逼得我们发疯。但它永远不是我们最深处真正的自我。内心中，我们是分裂的。我们是这样，就是这样银色的、晶莹的泉流，先前是安静的，此时却跌宕而起，注入盛开的花朵。

生命和死亡全不相容，多奇怪！死时，生便不存在，先是死亡，一场势不可当的洪水；继而，一股新的浪头涌起，便全是生命，便是银色的极乐的源泉。我们是为着生的，或是为着死的，非此即彼，在本质上绝不可能兼得。

死亡攫住了我们，一切片断转入黑暗。生命复生，我们便变成水溪下微弱但却美丽的喷泉，向鲜花奔去，一切和一切均不能两立。这周身长着银色斑点的、炽烈而可爱的画眉，在荆棘丛中平静地发出它第一声啼鸣。怎能把它和树丛外那些血肉模糊、羽毛纷乱的画眉残骸联系在一起呢？没有联系的。说到此，便不能言及彼。当此是时，彼便不是。在死亡的王国里，不会有清越的歌声。但有生，便不会有死。除去银色的愉悦，没有任何死亡能美化另外的世界。

黑鸟不能停止它的歌唱，鸽子也一样。它全身心地投入了，尽管它的同类昨天才被全部毁灭。它不能哀伤，不能静默，不能追随死亡。死不是它的，因为生要它留住。死去的，应该埋葬了它们的死。生命现在占据了它，摆渡它到新的天堂，在那里，它要禁不住放声高唱，像是从来就这般炽烈一样。既然它此时是被完全抛入了新生活，那么那些没有越过生死界限的,它们的过去又有什么呢?

从它的歌声中,听得见这场变迁的第一阵爆发和变化无常。从死亡的控制下向新生命迁移,按它奇异的轮回,仍是死亡向死亡的迁移,令人惶惑的抗争。但只需一秒钟,画这样的弧线,从一种状态进入另一种,从死亡的钳制到新生的解放。在这一瞬间,它是疑惑的国王,在创造之中唱歌。

鸟儿没有退缩。它不沉湎于它的死,和已死的同类。没有死亡,已死的早已埋葬了它们的死。它被抛入两个世界的隙罅中,虽然惊恐,却还是高举起翅膀,发现自己充满了生命的欲望。

我们被举起,被丢入崭新的开始。在心底,泉源在涌动,激励着我们前行。谁能阻挠到来的生命冲动呢?它从陌生的地方来,降临在我们身上,我们应该小心越过那从天堂吹来的恍惚的、清新的风,巡视,就像做着从死到生无理性迁徙的鸟儿一样。

窗 外

[墨西哥] 奥克塔维奥·帕斯

<u>精神化的人格比生理的人格更加敏感、更加活跃。心和血液没有神经那样容易受到外界的影响。</u>

——巴尔扎克

在我的窗外大约三百米外的地方,有一座墨绿色的高树林——树叶和树枝形成的高山,它摇来晃去,好像随时都会倾倒下来。由聚在一起的欧洲山毛榉、欧洲白桦、杨树和欧洲白蜡树构成的村子坐落在一块稍微凸起的土地上,它们的树冠都倒垂下来,摇动不息,仿佛不断颤抖的海浪。大风撼动着它们、吹打着它们,直到使它们发出怒吼声。树林左右扭动、上下弯曲,然后带着高亢的呼啸声重新挺直身躯,接着又伸展肢体,似乎要连根拔起,逃离原地。不,它们不会示弱,即使树根被折断,树叶被刮落,但植物的强大韧性绝不亚于动物和人类。倘若这些树开步走的话,它们一定会摧毁阻碍它们前进的一切东西,但是它们宁肯立在原地不动。它们没有血液,也没有神经,只有浆液。使它们定居的,不是暴怒或恐惧,而是不声不响的顽强精神。动物可以逃走或进攻,树木却只能钉在原地。那种耐性,是植物的英雄主义。它们不是狮子也不是羚羊,而是圣栎树和加州胡椒树。

天空中布满钢铁色的云,远方的云几乎是白色的,靠近中心的地方即树林的上方就发黑了:那里聚集着深紫色的暴怒的云团。在这种虎视眈眈的云团下,树林不停地叫喊。树林的右翼比较稀疏,两棵连在一起的山毛榉的枝叶形成一座阴暗的拱门。拱门下面有一块空地,那里异常寂静,像一个明晃晃的小湖,从这里看得不完全清楚,因为中间被邻居家墙头上的苫盖物隔断了。那个墙头不高,上端是用砖砌成的方格,顶上覆盖着冰冷的绿玫瑰。玫瑰有一些部位没有叶子，只有长着许多疙瘩的枝干和交叉在一起的、竖着尖刺的长枝条。它有许多手臂、螯足、爪子和装备着尖刺的其他肢体。我从没有想到，玫瑰竟像一只巨大的螃蟹。

庭院大约有四十平方米，地面是水泥的。除了玫瑰，点缀它的还有一块长着雏菊的小小的草地。在一个墙角处有一张黑木小桌，但已散架。它原是做什么用的呢？也许曾是一个花盆座。每天，我在看书或写作的时候，有好几个小时总是面对着它。不过，尽管我已经习惯它的存在，但我还是觉得它摆在那里不合适：它放在那里干什么？有时我看到它就像看到一个过错、一个不应该有的行为；有时则觉得它仿佛是一种批评，对树木和风的修辞的批评。在对面的角落里有一个垃圾筒，一个六十厘米高、直径有半米的金属圆柱体：四个铁丝爪支着一个铁圈儿，铁圈上装着一个生锈的盖子，铁圈下挂着一个盛垃圾用的塑料袋。塑料袋是火红色的。又是一个螃蟹似的东西。桌子和垃圾筒、砖墙和水泥地，封闭着那个空间。它们封闭着空间还是它们是空间的门呢？

在山毛榉形成的拱门下，光线已经深入进来。它那被颤抖的树影包围着的稳定状态几乎是绝对的。看到它后，我的心情也平静了。更确切地说，是思绪收拢了，久久地保持着平静。这种平静是阻止树木逃走、驱散天上的乌云的力量吗？是此时此刻的重力吗？是的，我已经知道，自然界——或像我们说的那样：包围着我们的、既产生又吞噬我们的万物与过程的总和——不是我们的同谋，也不是我们的心腹。无论把我们的感情寄予万物还是把我们的感觉和激情赋予它们，都是不合理的。把万物看做生活的向导和学说也不合理吗？学会在激荡的旋风中保持平静，变得像在疯狂摇动的树枝中间保持稳定的光线那样透明，可以成为生活的日程表。

但是那一块空地已经不是一座椭圆形小湖，而是一个白热的、布满极为纤细的阴影纹络的三角形。三角形令人难以察觉地摇动着，直到渐渐地产生一种明亮的沸腾现象，先是在边缘一带，然后在火红的中心，沸腾的力量越来越大，仿佛所有的液体光线都变成了一种沸腾的、越来越黄的物质。会爆炸吗？泡沫以一种像平静的呼吸一样的节奏不断地燃烧和熄灭。天空越来越暗，那一块空地的光线也越来越亮，闪烁得也越来越厉害，几乎像一盏在动荡的黑暗中随时会熄灭的灯。树林依然挺立在那里，只不过沐浴的是另一种光辉。

稳定是暂时的，是一种既不稳又完美的平衡，它持续的时间只是一瞬间：只要光线一波动，一朵云一消失或温度稍微发生变化，平静的契约就会被撕毁，就会爆发一系列变形。每一次变形都是一个稳定的新时刻，接着又是一次新的变化和一个新的异常的平衡。是的，谁也不孤单，这里的每次变化总会引起那里的另一次变化。谁也不孤单，什么也不固定：变化变成稳定，稳定是暂时的协议。还要我说变化的形式是稳定，或更确切地说，变化是对稳定的不停的寻求吗？对惰性的怀念：懒惰及其冷凝的天堂。高明之处不在于变化也不在于稳定，而在于二者之间的辩证关系。永恒的来与往：高明之处在于瞬间性。这是中间站。但是我刚刚说到中间站，巫术就破除了，中间站并非高明之处，而是简单地走向……中间站消失了，中间站不过如此而已。

夜 笛

[西班牙] 阿索林

凭着日晷上潜移的阴影，你也能知道时间在偷偷地走向亘古。

——莎士比亚

  1820年。一支笛子在夜里吹着，细长、悠扬、忧郁。假如我们从那古老的城门走进这可敬的城，我们就得走上一个很长的土坡。坡下是溪，在溪的旁边，在一个高起的岸上，人们可以看到两行绿叶成荫的老柳，而又长又宽的石凳处处可见。夜色的黑暗使我们只能隐约地看到它们的白影。在一端，在进城处，在溪边林荫道的尽头，一线灯光射在路上。这灯光是从一所房子里射出来的。让我们走到它前面去吧。这所房子有一间大的前厅，在一边，有一架老旧的织布机；在另一边，在一张斜桌前面，有一位白发老人和一个男孩。男孩的嘴边有一支笛子，从这笛子里发出一阵阵悠长的、悲伤的、颤抖的调子，而夜是那么晴朗而且寂静。在高处矗立着全城的建筑，人们可以看见一个大教堂，在一个院子里有一个清澈的水池，人们可以看见一些遍布着杂货店、造车店、制鞍店的小街，人们可以看见一些刻着阀阅纹章的住宅，人们可以看见一些隐在大厦里的花园。凡到一带来的旅客——到这一带来的旅客是很少的——都要投宿在一个名叫爱丝泰拉的客栈里。每天晚上，在9点钟，那驿车就要沿着溪边的林荫道驶来。常常是在同一个时间，当驿车走过这射出灯光的房子前时，笛子的细长的声音就要消失在那轧轧的四轮车的旧铁构件和木板的噪声中。接着，笛子便又在夜的深长而浓浓的寂静里吹起来了。到了白天，那老旧的织布机就随着它那有节奏的响声织着、织着。

  1870年。五十年过去了。假如我们想走进这座古城，我们就从那老旧的城门进去。我们在那条小溪的桥上走下驿车。驿车每天晚上9点钟到达。

一切都是寂静的。在高处,在城里,人可以看见许多微弱的灯光,我们开始登上那土坡。我们把那些老硝皮店——我们在《做淫媒的女人》一剧中找到的那些硝皮店——撇在下面。我们现在是沿着那种着百年老柳的林荫道前进。在黑暗中,那些石凳的白影看起来非常模糊。一线灯光射在路上。我们所听见的这个曲调是从这所房子里出来的吗?这悠长的、忧郁的,像一片欲碎的晶体一样的曲调!在这所房子的前厅里有一位老人和两个男孩。一个男孩吹着笛子,另一个则用他那蓝色的、大而圆的两眼沉默而出神地望着他。老人不时地指导着那吹笛子的男孩。许多年许多年以前,这位老人也曾做过小孩。在晚上,在这同一地点,他也曾用笛子吹过那男孩这时所吹的同样的曲调。驿车用一种震耳的声响走了过去,一时间笛子清越的声音听不见了,接着它又重新在黑夜里吹起来了。在高处,那些老旧的住宅都已经熟睡了,林荫道旁的柳树也睡了,溪水和田野也睡了。过了一小时,笛声停止了,于是那沉默而出神的男孩便向城中走去。在那里,在一所老旧的房子里,他开始读一些字很小的书,一直到睡眠征服了他。只有很少的人到这城里来,假如你来到那里,你就得投宿在爱丝泰拉客栈里。全城没有第二家客栈,它是在拿维兹胡同,即从前的擀面杖路,靠近麦市,在人们从安西尔先生的私家路到乡下去的路口上。

又过去了多少年了?随便读者说吧。现在,在马德里,在一间小小的阁楼里,有一个人,生着长长的白须,他的两只大而蓝的眼睛和从前在那古城的夜间出神而潜心地望着另外一个男孩用一支笛子吹着一些悠长而忧郁的调子的那个男孩的眼睛一模一样。这人穿着清洁而磨得发亮的衣服,他的鞋子是破旧的。他房里有一张桌子,桌上堆满了书,在一个书架上留下很清楚的痕迹。墙上挂着两幅很好看的照片:一幅是一个女人的,她生着一双多愁的眼睛,额前盘着卷曲的、纤细的、轻柔的发辫;另一幅是一个女孩子的,她和那女人同样地多愁、同样地漂亮。但是人们在整个住宅里听不到女人的声音。这位生着长须的人有时在一些纸片上写很久的字,接着他便走出去,在街上走,带着这些纸片到这家,到那家,他和这个人谈话,和那个人谈话。有时,他所写的这些纸片也和他一同回到家里,他把它们放在一个抽屉里,和那些盖满了灰尘、被忘却的稿子留在一处。

1900年。那每天晚上驶上那溪边的土坡,朝着那些硝皮店,沿着那林荫道到这古城里来的驿车已经有几年不来了。人们现在建了一个车站,火车每天在城外停一次,也是在晚上,但是却离那林荫道和老桥很远,是在城的另一端。每天很少有旅客来，有一天晚上，来了一个，是一位长着白色长须和蓝色眼睛的老人。他穿着一件破旧的大衣，提着一个纸制的提箱走下火车。当他刚走出车站，在公共马车前立定时，火车便穿过田野，向黑夜中驶去了。公共马车把旅客们载到爱丝泰拉旅馆。这是全城最好的旅馆，资格老，信用好。人们已经把它大加改造。它从前是在拿维兹胡同，但现在人们已把它迁到广场上的一幢大房子里。这位蓄胡须的旅客上了那辆四轮车，让车载着他走。他不知道人家把他载到什么地方。当车子驶到广场上，在旅馆站口停下时，他发现这所房子正是许多许多年以前，当他是小孩的时候，他所住的。接着人们又指给他一个房间，这正是他年轻时候读过许多书的房间。这位蓄须的人一面向四壁望着，一面在一把椅子上坐下，把他那干瘦的手放在胸前。他想到外边去透透气，他离开了客栈，开始在街上漫步。他一直步行到那古老的林荫道上。夜是清朗的、寂静的。在夜的深沉寂静里，一支笛子吹着。它的声音像一片晶体一样清脆，这是一个古老的、悠长而忧郁的曲调。一线灯光从一所房子里射出。我们的旅客走到它的跟前，看见前厅里有一位老人和一个小孩，小孩用笛子吹着那悠长的调子。于是这位有胡须的人便在林荫道旁的一个石头凳上坐下，重新把他那干瘦的手放在胸前。

树 木

[瑞士] 黑 塞

生命在闪光中现出绚烂，在平凡中现出真实。

——伯 克

树木对我来说，一直是言辞最恳切感人的传教士。当它们结成部落和家庭，形成森林和树丛而生活时，我尊敬它们；当它们只身独立时，我更尊敬它们。它们好似孤独者，它们不像由于某种弱点而遁世的隐士，而像伟大而落落寡合的智者，如贝多芬和尼采。世界在它们的树梢上喧嚣，它们的根则深扎在无限之中。唯独它们不会在其中消失，而是以它们全部的生命力去实现独一无二的自我，实现它们自己的、寓于它们之中的法则，充实它们自己的形象，并表现自己。再没有比一棵完美的、粗大的树更神圣、更堪称楷模的了。当将一棵树锯倒并把它赤裸裸的致命的伤口曝露在阳光之下时，你就可以在它的墓碑上，在它的树桩的浅色圆截面上读到它的完整的历史。在年轮和各种畸形上，忠实地记录了所有的争斗、所有的苦痛、所有的疾病、所有的幸福与繁荣、贫乏的年头、茂盛的岁月，经受过的打击、被挺过去的风暴。每一个农家少年都知道，最坚硬、最贵重的木材年轮最密，在高山上，在不断遭遇险情的条件下，会生长出最坚不可摧、最粗壮有力、最堪称楷模的树干。

树木是圣物。谁能同它们交谈，谁能倾听它们的语言，谁就获悉真理。它们不宣讲学说，它们不注意细枝末节，只宣讲生命的原始法则。

一棵树说："在我身上隐藏着一个核心、一个火花、一个念头，我是来自永恒生命的生命。永恒的母亲只生我一次，这是一次性的尝试，我的形态和我的肌肤上的脉络是一次性的，我的树梢上叶子的最微小的动静、我的树干上最微小的疤痕，都是一次性的。我的职责是，赋予永恒以显著的一次性的形态，并从这形态中显示永恒。"

一棵树说："我的力量是信任。我对我的父亲一无所知，我对每年从我身上产生的成千上万的孩子们也一无所知。我一生就为了履行延续生命的使命，我没有别的操心事。我相信上帝在我心中，我相信我的使命是神圣的。出于这种信任我活着。"

当我们不幸的时候，不能再忍受这生活的时候，一棵树会同我们说："平静！平静！瞧着我！生活不容易，生活不艰苦。这是孩子的想法。让你心中的上帝说话，它只是缄默。你害怕，因为你走的路引你离开了母亲和家乡。但是，每一步、每一日，都引你重新向母亲走去。家乡不是在这里或是在那里，家乡在你心中，或者说，无处不是家乡。"

当我倾听在晚风中沙沙作响的树木时，对流浪的眷念撕扯着我的心。你如果静静地、久久地倾听，对流浪的眷念也会显示出它的核心和含义。它不是从表面上看去的那样，是一种想要逃离痛苦的愿望，而是对家乡的思念，对母亲、对新的生活的譬喻的思念。它领你回家。每条道路都是回家的路，每一步都是诞生，每一步都是死亡，每一座坟墓都是母亲。

当我们对自己这种孩子似的想法感到恐惧时，晚间的树就这样沙沙作响。树木有长久的想法，呼吸深长的、宁静的想法，正如它们有着比我们更长的生命。只要我们不去听它们说话，它们就比我们更有智慧。但是，一旦我们学会倾听树木讲话，那么，恰恰是我们想法的短促、敏捷和孩子似的匆忙，赢得了无可比拟的欢欣。谁学会了倾听树木的讲话，谁就不再想成为一棵树。除了他自身以外，他别无所求。他自身就是家乡，就是幸福。

晚秋初冬

［日本］德富芦花

大自然充满了一种使人心平气和的美与力。

——列夫·托尔斯泰

霜落，朔风乍起。庭中红叶、门前银杏不时飞舞着，白天看起来像掠过书窗的鸟影；晚间扑打着屋檐，虽是晴夜，却使人想起雨景。晨起一看，满庭皆落叶。举目仰望，枫树露出枯瘦的枝头，遍地如彩锦。树梢上还剩下北风留下的两三片或三四片叶子，在朝阳里闪光。银杏树直到昨天还是一片金色的云，今晨却形销骨立了。那残叶好像晚春的黄蝶，这里那里点缀着。

这个时节的白昼是静谧的。清晨的霜、傍晚的风，都使人感到寒冷。然而在白天，湛蓝的天空高爽、明净，阳光清澄、美丽，对窗读书，周围悄无人声，虽身居都市，亦觉得异常幽静。偶尔有物影映在格子门上，开门一望，院子里的李树，叶子落了，枝条交错，纵横于蓝天之上。梧桐坠下一片硕大的枯叶，静静地躺在地上，在太阳下闪光。

庭院寂静，经霜打过的菊花低着头，将影子布在地上。鸟雀啄食后残留的南天竹的果实，在八角金盘下泛着红光，失去了华美的姿态，使它显得多么寂寥。两三只麻雀飞到院里觅食。廊柱下一只老猫躺着晒太阳。一只苍蝇飞来，在格子门上爬动，发出沙沙的声响。

内宅里也很清静。栗子、银杏、桑、枫、槐等树木，都落叶了。月夜，满地树影，参差斑驳，任你脚踏，也分不开它们。院内各处，升起了焚烧枯叶的炊烟。茶花飘香的傍晚，阵雨敲打着栗树的落叶。当暮色渐渐暗淡下来的时候，雨潇潇，落在过路人的伞盖上，声音骤然加剧，整个世界仿佛尽在雨中了。这一夜，我默然独坐，顾影自怜。

月色朦胧的夜晚，踏着金灿灿的银杏树落叶，站在院中。月光渐渐昏暗，树隙间哗啦哗啦落下两三点水滴——阵雨，刚一这样想，雨早已住了，月亮又出现了。此种情趣向谁叙说？

月光没有了，寒星满天。这时候，我寂然伫立树下，夜气凝聚而不动了。良久，大气稍稍震颤着，头上的枯枝摩擦有声，脚下的落叶沙沙作响。片刻，乃止。月光如霜，布满地面。秋风在如海的天空里咆哮。夜里，人声顿绝，仿佛可以听到一种至高无上的声响。

初 雪

[英国] 约翰·普里斯特莱

我们只要在这大地上生存，从欢乐引向欢乐是自然的恩惠。
——华兹华斯

今早我起来时，整个世界简直成了冰窟一座，颜色死白泛青。透入窗内的光线颇呈异色，于是连接水洗漱、刷牙穿衣等这些日常举动也都一概呈现异状。继而日出。待我吃早饭时，艳美的阳光把雪染成绯红。餐室窗户早已幻作一幅迷人的东洋花布。窗外一株幼小的梅树，正粲粲于满眼晴光之下，枝柯覆雪，素裹红装，风致绝佳。一两个小时之后，一切已化作寒光一片，白里透青。周遭世界也景物顿殊。适才的东洋花布等已不可见。我探头窗外，向书斋前面的花园草地以及更远的丘冈望望，但觉大地光晶耀目，不可逼视，高天寒气凛冽，色呈铁青，而周围的一切树木也都现出阴森可怖之状。整个景象之中确有一种难以名状的骇人气氛，仿佛我们可爱的郊原，这些国人素来最心爱的地方，已经变成一片凄凉可悲的荒野。仿佛这里随时都可能看到一彪人马从那阴翳的树丛背后突然杀出，随时都可听到暴政的器械的铿鸣乃至拼杀之声，而远方某些地带上的白雪遂被染成殷红。此时周围正是这种景象。

现在景色又变了。刺目的眩光已不见了，那可怖的色调也已消逝。但雪却下得很大，大片大片，纷纷不止，因而眼前浅谷的那边已辨不清，屋顶积雪很厚，一切树木都被压弯了腰。村中教堂顶上的风标此时从阴霾翳翳的空中虽仍依稀可见，但也早成了安徒生童话里的事物。从我的书房（书房与家中房屋相对），我看见孩子们正把他们的鼻子在玻璃上压成扁平。

这时一首儿歌遂又萦回于我的脑际，这歌正是我幼时把鼻子压在冰冷的窗户上看雪时常唱的。歌词是：

> 雪花快飘，
> 白如石膏，
> 高地宰鹅，
> 这里飞毛！

所以今天早上当我初次看到这个非同往常的白皑皑的世界时，我不禁希望我们也能常下点雪，这样我们英国的冬天才会更多点冬天的味道。我想，如果我们这里是个冰雪映月、霜华璀璨的景象，而不是像现在这种凄风苦雨永无尽期的阴沉而缺乏特色的日子，那该多么令人喜悦啊！我于是羡慕起我在加拿大与美国东部诸州居住的一些友人来了。他们那里年年都能过上个像样的冬天，甚至连何时降雪也能说出准确日期，而且直到大地春回之前，那里的雪绝无降落不成而退化为霰之虞。既有霜雪载途，又有晴朗温煦的天空，而空气又是那么凛冽奇清——这对于我实在是一种至乐！

继而我又转念，这事终将难餍人意。人们一周之后就会对它厌烦，不消一天工夫魔力就会消失，剩下的唯有白昼永无变化的耀眼眩光与苦寒凄凉的夜晚。看来真正迷人之处并不在降雪本身，不在这个冰封雪覆的景象，而在它初降的新鲜，而在这突然而安静的变化。正是从风风雨雨这类变幻无常和难以预期的关系之中，遂有了降雪这琼花飘洒的奇迹。谁愿意拿眼前这般景色去换上个永远周而复始的单调局面，一个时刻全由年历来控制的大地？有一句妙语说，其他别国只有气候，而唯有英国才有天气。其实天下再没有比气候更枯燥乏味的了，或许只有科学家与疑病患者才会把它当做话题来谈论。但是天气却是我们这块土地上经典的话题，人们在饱餐其秀色之余，总不免要对它窃窃私议。一旦我们定居于亚美利加、西伯利亚与澳大利亚之后——那里的气候与年历之间早有成约在先——我们必将因为它不再调皮撒娇，不再胡闹任性，不再狂愤盛怒与泣涕涟涟而感到深深遗憾。到那时，晨起出游将不再成为一种历险。我们的天气也许是有点反复无常，但我们自己也未见得就好许多。实际上，她的好变与我们的不专也恰好相抵。说起日、风、雪、雨,它们在一开始是多么受人欢迎,但是过了不久,我们一定对它们好不厌倦!如果这场雪一下便是一周,我会对它厌烦得要死,巴不得它能快些走掉才好。但是它的这次降临却是一件大事。今天的天气真是别有一种风味、一种气氛,与昨日全然不同,而我生活其中,也仿佛感到自己与此前的自己判若两人,恍若与新朋相晤,又如突然抵达挪威。一个人尽可以为了打破一下心头的郁结而所费不赀,但其所得恐怕仍不如我今日午前感受之深。

尼亚加拉大瀑布

[英国] 狄更斯

> 那时候,那幅宏伟的景象一时间所给我的印象,同时也就是永恒所给我的印象。
>
> ——狄更斯

那一天的天气寒冷潮湿,着实苦人;凄雾浓重,几欲成滴。树木在这个北国里还都枝柯赤裸,全然一派冬意。不论什么时候,只要车一停下来,我就侧耳静听,看是否能听到瀑布的吼声,同时还不断地往我认为一定是瀑布所在地的方向张望——我之所以知道瀑布就在那个方向,是因为我看见河水滚滚朝着那儿流去——每一分钟我都盼望会有飞溅的浪花出现。恰恰在我们停车之前的几分钟里,我看见了两片嵯峨的白云,从地心深处巍巍而出,冉冉而上。当时所见,仅止于此。后来我们到底下了车子,于是我才听到洪流的砰訇,同时觉得大地都在我脚下颤动。

崖岸陡峭,又因为有刚刚下过的雨和化了一半的冰,地上滑溜溜的,所以我自己也不知道我是怎么下去的。不过我却一会儿就站在山根那儿,同两个英国军官(他们也正走过那儿,现在和我到了一块)攀登到一片嶙峋的乱石上了。那时澎湃声起,震耳欲聋,玉花飞溅,蒙目如眯,我全身濡湿,衣履俱透。原来我们正站在美国瀑布的下面。我只能看见巨涛滔天,劈空而下,但是对这片巨涛的形状和地位,却毫无概念,只觉渺渺茫茫,泉飞水立,浩瀚汪洋而已。

我们坐在小渡船上,在紧贴着这两条瀑布流过的那条汹涌奔腾的河里前行的时候,我才开始感到水天的浩瀚。不过我却有些目眩心摇,因而不能完全领会这幅景象的博大。直到我来到平顶岩上的时候——哎呀天哪,那样一片飞立倒悬的晶莹碧波——它的巍巍凛凛、浩瀚峻伟,才在我眼前整个呈现。

于是我感到,我站的地方和造物者相接近,那时候,那幅宏伟的景象一时间所给我的印象,同时也就是永恒所给我的印象——一瞬的感觉,又是永久的感觉——是一片和平之感：是心的宁静，是灵的恬适，是对于逝者淡泊安详的回忆，是对于永久的安息和永久的幸福恢廓的展望，不掺杂一丁点暗淡之情，不掺杂一丁点恐怖之心。尼亚加拉一下子就在我心里留下深刻的印象——留下了一副美丽的形象；这副形象，将永远留在我的心头，永远不会改变，永远也不会磨灭，一直到我的心停止跳动的时候为止。

　　我们在那个鬼斧神工、天魔帝力所创造出来的地方待了十天，在那永远令人难忘的十天里，日常生活中的龃龉和烦恼，离我而去，越去越远。巨涛的砰訇对于我是如何振聋发聩啊！绝迹于尘世之上而却出现于晶莹垂波之中的，是何等的面目啊！在变幻无常、横亘半空的灿烂虹霓四周，天使的泪何等玉润珠明、异彩缤纷、纷飞乱洒、纵翻横出啊！在这种眼泪里，天心帝意，又如何透露而出啊！

　　我一开始就跑到了加拿大那一边儿，在那十天里就一直在那儿没动。我从来没再过过河，因为我知道，河那边也有人，而在这种地方，当然不能和不相干的闲杂人掺和。我整天往来徘徊，从一切角度来看这个垂瀑：站在马蹄铁大瀑布的边缘上，看着奔腾的水，在快到崖头的时候，力充劲足，然而却又好像在驰下崖头、投入深渊之前，先停顿一下似的；从河面上往上看巨涛下涌；攀上邻岭，从树梢间张望，看急湍盘旋向前，翻下万丈悬崖；站在下游三英里外的巨石森岩下面，看着河水，波涌涡旋，砰訇应答，表面上看不出来它所以这样的原因，其实是因为在河水深处，它受到巨瀑奔腾的骚扰。永远有尼亚加拉当前，看它受日光的蒸腾，受月华的挑逗，夕阳西下中一片红，暮色苍茫中一片灰；白天整天眼里看着它，夜里枕上醒来耳里听着它，这样的福就够我享的了。

　　我现在每到平静之时都要想：那片浩瀚汹涌的水，仍旧尽日横冲直撞，飞悬倒洒，砰訇澎湃，雷鸣山崩；那些虹霓仍旧在它下面一百英尺的空中弯亘横跨。太阳照在它上面的时候，它仍旧像玉液金波，晶莹明彻。天色暗淡的时候，它仍旧像玉霰琼雪，纷纷飞洒；像轻屑细末，从白垩质的悬崖峭壁上阵阵剥落；像如絮如棉的浓烟，从山腹幽岫里蒸腾喷涌。但这个滔天的巨涛，在它要往下流去的时候，永远总像要先死去一番似的，从它那深不可测、以水为国的世界里，永远有浪花和迷雾的鬼魂，其大无物可与之相比，其强永远不受降伏，在宇宙还是一片混沌、黑暗还统治世界之时，在匝地的巨涛——水——以前，另一个漫天的巨涛——光——还没经上帝盼咐而一下子弥漫宇宙的时候，就在这儿庄严地呈异显灵。

童年的"玩具国"

[智利] 何塞·多诺索

> 时间使实实在在、棱角分明的事实消散融入耀眼的苍穹之中。
> ——爱默生

灰墙前的小吃摊点旁人头攒动，散发着难闻的气味。旧书店里则是一片宁静。喧闹的商号中，汗流浃背的工人们剪裁、熨烫着服装，熨斗下噗噗地冒着水汽。在第一个街区的尽头，低矮的房屋之间，一条人行道逐渐展宽，夜幕降临时，这里是最热闹的地方。水果摊前围满了人，金黄的厚皮橙子、绿绿的苹果色泽光洁，就像镀了珐琅似的，它们在红蓝相间的霓虹灯下变幻着色彩。串街货郎不住地吆喝着，凑热闹的人们围在他身旁，一张张好奇的面孔也被闪烁的灯光映照得时明时暗。冬天里，人们用褪色的红头巾把头裹得严严实实的，只露出一双眼睛，带着自信、敏锐或是愤怒的神色。破旧的无轨电车，拖着沉重的机械声响，一辆接一辆地从狭窄的马路上驶过。对面楼房的阳台上，站着个粗壮的女人，她穿着花袍子，用力吹着火盆。微微燃起的火苗好似彗星的尾巴，不一会儿，炉火融融，女人出神的面庞被映照得清晰可见。

这虽然是条普普通通的小街，但多少年来，它曾那样吸引我，好似我生命的主宰。

小时候，我住的地方虽然离这儿不远，但那儿的景色却截然不同。见不到喧嚣的人群，满目皆是葱葱的椴木、形状怪异的孪生街灯。道路两旁的房屋对峙而立，似乎在另一个神秘的世界里严肃地交谈着。

一天下午，家里人怀疑女佣偷了餐具，卖给了小街上的一家当铺。妈妈想赎回来，我就陪她来到了小街。这是个冬天的傍晚，虽说刚下过雨，可屋顶上深褐色的浓云还零星掉着雨点。街面湿湿的，女人们的头发垂下来，打着绺儿，贴着面颊。

不一会儿，天黑了。刚进街口，一辆电车疾驶而来，我忙躲到妈妈身边。对面橱窗里展示着各种各样的音乐玩具，在椭圆形盒子里，一个金发洋娃娃微笑着。我要妈妈买，她理也不理，依旧赶路。我的眼睛睁得大大的，我不单想看看这些美丽精致的洋娃娃，还想抱过来摸一摸、亲一亲。街上行人如梭，人们拎着大大小小的口袋、篮子和各式各样诱人的商品。熙熙攘攘的人流中，一个扛着铺盖卷的工人碰掉了妈妈的帽子。她说："上帝啊！这好像是在'玩具国'。"

路面许多断裂的地方淤积着雨水，使人无处落脚。当我从一个小吃店前走过时，飘来的气味和妈妈穿的雨衣的味道混在一起，十分奇特。我突然萌发了个念头，想把橱窗里展示的所有商品都买下来。妈妈听了吓了一跳，连忙说这些东西普通至极，而且又都是二手货。我盯着两侧的橱窗：上百只插满了五彩缤纷的玻璃花和小旗子的雕花花瓶，紫色、银白的猫咪储钱罐，盛满了五颜六色的弹球儿的小瓶子，还有花花绿绿的明信片和陀螺，等等。然而这条街上最诱惑我的却是一家安静、整洁的小店，门帘上贴着块招牌，写着"日本织补"。

我已不记得餐具的下落如何，但这条小街却在我的记忆中刻下了与众不同、神奇无比的印迹。对于童年的我来说，这里的一切都是那么自由自在、新鲜神秘。在这之后，我的生活还是按部就班地继续着，但每天下午，我想"玩具国"（"玩具国"是我给这条小街起的名字）都想得出神，当然，还有另外一个"玩具国"，那是《匹诺曹奇遇记》里的故事了。

一个星期六的上午，我和妈妈闹别扭了，一赌气钻进书房，琢磨了半天墙上挂的城市地图。午后，爸妈都出门了，用人们在院子里晒太阳，我撺掇小弟弗尔南多说：

"嘿，咱们去'玩具国'。"

他眼睛一亮，以为这次我们要和以前一样，在橘树下支起的梯子上玩耍，或是装扮成东方人打仗。

他说："爸妈不在家，我们可以把抽屉里的好东西先拿出来玩。"

"别这样，小傻瓜，"我说，"我们得赶到'玩具国'去。"

小弟穿着蓝色连衣裤和白凉鞋。我小心地牵着他的手，迎着太阳，朝梦中的"玩具国"走去。我一面走，一面照看着弟弟。幸好是周末的下午，车辆稀少，过马路时没出什么差错。终于，我们到了小街的头一个街区。

"这儿就是。"我说。我觉得小弟紧贴着我的身子。记忆中的小街总是那么缤纷灿烂，就像那天看到的一样。然而此时我惊讶地发现，这里根本没有霓虹灯，不少商店也都关了门，路上没有一辆无轨电车驶过。我心里乱糟糟的。阳光暖融融地洒满街道、房屋，就像给它们涂上了一层光亮柔和的蜂蜜，寥寥无几的行人两手空空、慢吞吞地踱着步子。小弟问："为什么这地方叫'玩具国'？"

我觉得空荡荡的，不知所措，眼看着当哥哥的威信扫地，却没有一点补救的办法，也许小弟再不会相信我了。

"咱们去日本织补店，"我说，"那里肯定有意思。"

这些话小弟也许不会信服，可他已经识字了，肯定能认得门上的招牌。果真，他隔着人行道，正确读出店名。我说：

"对不对，小傻瓜？你原先还不相信有这个地方呢。"

"可是，这个店太破烂了，真难看。"他扮了个鬼脸。

我的眼泪直在眼眶中打转转，真想赶快找到梦中的街景。可大街上空空的，商店关上了卷帘门窗，就像劳累了一天的人合上了眼皮。一切都沉浸在一种温暖、平和的氛围里。

"别愣着，"我说，"快过去看看。"

我们站在日本织补店前，店外的金属帘子就像我家女佣的短发一样整整齐齐，上面凸起一条条的波浪。帘子旁边的门虚掩着，我对弟弟说："还不快去敲门。"

正说着，门内一阵响动，我俩赶忙躲在一边，只见从里边走出了一个身材瘦小、眼睛大大的日本人。他关上门，我和小弟躲到了路灯后面，目不转睛地盯着他。他走了一段路，回身冲我们诡秘地一笑，我们的目光一直追随着他，直到他在路口拐了弯。

我俩默默不语。不一会儿，走来一个货郎，这才打断了我的思绪。忽然，我觉得自己总算在弟弟面前出了个小风头，十分得意。我买了两块巧克力，给他一块大的，可他还在愣神。我俩木呆呆地回到了家，小弟拿了本《匹诺曹在玩具国》一字一句地读起来。

时光流逝，"玩具国"在我暗淡的童年生活里像一点炫目的光斑，它给我留下的印象就好似灰色大衣中露出的鲜亮的衬里。我常在梦中回到小街。但渐渐地我长大了，小街变得模糊，匹诺曹也不能再吸引我。一次，拳击老师带我们到那里的习武馆去过，使我知道了打拳不能单凭力气，还得靠技巧。那个年纪,我头一次穿上了长筒西裤,开始吸烟,"玩具国"几乎被遗忘了。对我来说,重要的是找出爸爸的那本"百科字典",查一查学校里大孩子谈笑间常说的时髦词儿。

再以后,我进了大学,也学着从黑市上买汽油用。那时,不修边幅的我十分自以为是。

我倒是经常去小街,尽管一切如故,但它再也不是我心中的"玩具国"了。我只是在旧书店里搜索些书籍,既能增长知识,又能体面地摆上书架。但我丝毫没有留意黄昏退去时,摊点上色泽鲜亮的水果和橱窗里乖巧精致的小娃娃,对于我,它们似乎根本不存在。我只着迷于堆满书籍、落着尘土的书架,或许从中能翻出某个大文豪的著作。"玩具国"已经消失了,我根本想不起去看一看日本织补店门前闪烁的霓虹灯,哪怕只是一眼。

以后,我出国多年,终于有一天回到家乡,我问那时已是大学生的小弟:"在哪里能弄到一本独一无二,并且让我着迷的书?"他狡黠地一笑说:"在'玩具国'呀!"

而我,却茫然了……

形象的捕捉者

[法国] 儒勒·列那尔

每一种自然存在都是某种精神存在的象征。

——爱默生

他大清早就下了床,感到精神抖擞、心情舒适、身体轻快(轻快得像一件夏天的衣裳),他便出去。他没带干粮。他将畅饮路上的凉爽空气,猛吸有益健康的气息。他把猎枪留在家里,只是睁大了他的眼睛;他把眼睛当做网,去捕捉千千万万美丽的形象。

他第一个捕捉到的是那条道路的形象:那些光滑的石子是路的骨骼,那些车辙是路凹陷下去的筋脉;而路的两边,布满了果实累累的黑刺李树和桑树的浓荫。

然后他看到河流。河转弯处发出炫目的白光,河流在垂柳的抚弄下睡熟了。一条鱼蓦地跳出水面,肚子上闪着亮光,仿佛谁扔出了一块银币似的。每当蒙蒙细雨落下,河面上便惊起一阵觳觫。

他又看到一幅图画:不停翻腾的麦浪,鲜嫩可口的苜蓿,无数溪流绕过原野的边沿。他经过时偶尔瞥见一只云雀和一只金翅鸟。

随后他走进树林。过去他从没有想到自己的感觉竟会这样细致。整个人一下子沉浸在香气之中,他不放过任何低沉的声音;为了与树木共语,他的神经跟树叶的脉络紧紧地联结在一起。

一会儿,他感到战栗、不安,他感受得太多了,他又激动,又害怕。于是他离开树林,远远地跟随着农民翻砂工走回他们自己的村庄。当他凝眸眺望西下的夕阳时,太阳正脱掉它金光闪闪的长袍,云霞散乱地铺满天穹。

后来,头脑里带着这一切景色,他回到屋里,熄了灯,在入睡以前,他久久地回味这些形象以自娱。

　　这些形象温驯地随着回忆又出现在眼前。一个形象摇曳着，又唤起了另一个形象，新的形象不断来临。这些闪烁生辉的东西越来越多，像一群山鹑整天被追逐、驱散，黄昏时分，没有危险了，这才唱着歌，在田沟里互相召唤。

夜莺的迁徙

[法国] 儒勒·米什莱

希望是坚韧的拐杖，忍耐是旅行袋，携带它们，人们可以踏上永恒之旅。

——罗 素

它不成群，又没有气力，孤零零的一个能做什么呢？可怜的孤单的夜莺啊，你无依无靠，又没有伙伴，你怎么能像别的鸟儿一样，去迎接这漫长的旅程呢？朋友，你怎么办？虽然没有什么比你自己身上的力量更强的了，你可以穿着暗褐色的羽衣，沉默地悄悄飞过去，与秋天颜色渐渐暗淡的树林混同一色。不过，现在！树叶仍然是一片绯红，并不像初冬时那份阴沉的暗褐色泽。

啊！为什么你不留下？为什么你不模仿那些只飞到普罗旺斯去越冬的胆怯的鸟儿呢？在那边，那山崖后面，我保证你能找到一个亚洲或非洲的暖冬。奥利乌勒峡谷可比叙利亚河谷要好得多呢！

"我要动身远行。别的鸟儿可以留下，它们不需要东方；而我，我的摇篮在召唤我。我要重见那片灿烂炫目的蓝天，以及我的祖先歌颂过的古建筑遗址；我要栖息在我早年的心爱之物——亚洲的玫瑰上。我曾沐浴在那边初升的阳光之中——那里蕴涵着生命的奥秘；那里，旺盛的爱情火焰使我的歌声更加嘹亮。我的声音、我的缪斯就是阳光。"

于是，它出发了。我想，它越飞近阿尔卑斯山，它的心会跳动得越厉害。积雪的峰顶张开了令人畏惧的巨手，在那边高悬的岩石上，栖息着白日和黑夜的残暴之子——秃鹫和兀鹰，一切爪牙锋利的嗜血的强盗、该死的丑类！它们是人类的愚蠢的诗，有些高贵的贼首会迅疾地杀死你并吸干你的血，别的一些卑鄙下流的盗贼会扼杀、毁坏你，用一切刽子手和死亡

121

的方式。

我想，那时，这可怜的小音乐家，它的声音变得微弱，它失去了才华和敏锐的思想，也无人可以商量。它停息下来，在进入萨伏瓦山峡的漫长陷阱之前仍然流连梦乡。它在山口驻足，歇息在我熟悉的一户友好的人家的屋顶上，或是在夏尔迈特柔美的树林里，仔细思量。它想道："若是我白天飞过，那些强盗都守在那儿，它们懂得这是鸟类迁徙的季节，鹰若朝我猛扑过来，我一准死。若是我夜里飞过，老枭那个大公爵，那个恐怖的魔鬼定会在黑地里怒目圆睁，会攫住我，去喂它的幼雏的……唉，这怎么办？无论是白天还是黑夜，我都应尽量设法避开它们。清晨，当冰冷的露水浸透了树梢，冻僵了不会筑巢的巨大猛禽时，我悄悄飞过……等到它们看见了我，还来不及展开濡湿而沉重的翅膀时，我早就飞远了。"

尽管打算得好，可还是出了多少回意外祸事。深夜出发，在这个漫长的萨伏瓦，迎面遇上的劲烈的东风使它迟迟滞留，无法动弹，粉碎了它双翼的努力……上帝啊！天已经亮了……十月里，这些哀伤的巨人早已披上了白色的衣裳，我们会在它们无垠的雪地上看见振翼飞翔的一个黑点。这些山峦被白雪笼罩，显得如此凄凉！它们那尖尖的山峰纹丝不动，然而却在周围制造出永远动荡不安的感觉，波涛汹涌、碰撞、迸裂，有时还奔腾狂怒。"若是我从较低的地方过去，那充斥着淹没一切的轰击声、在烟雾中呼啸的激流会突然鼓起龙卷风，把我卷走。若是我升上荧光四射的高寒区域徜徉自得，风霜又会侵袭我的双翼，使我速度减慢。"

一阵努力才救了它。它头朝下，扎了下来，降落在意大利苏兹或都灵附近，它歇息，让翅膀更结实些。在博大的伦巴第宝盆深处，它恢复体力。伦巴第，这往昔维吉尔曾听见过它的鸣声的花果之乡啊，土地依稀如昔。今天的意大利人，却在自己的国土上流浪，在别人的田地里耕种，可怜的农夫，他们还追捕夜莺呢！它明明是吃昆虫的益鸟，却一直被当做吃谷子的禽鸟加以围捕。倘若它能，就让它逐岛飞过亚得里亚海吧（尽管长着翅膀的海盗也同样在那些礁石上空游弋），它也许能够到达鸟类的乐园，到达美丽、好客而富饶的埃及，在那里，所有的鸟儿都会得到优待，受到祝福和良好款待的。

然而这更加幸福的土地却难免盲目的殷勤好客，当然她并不爱杀手。虽然夜莺和斑鸠都会受到欢迎，但是她对鹰隼也同样接待。啊，可怜的旅行人啊！我看见一对对可怕的眼睛正朝着这边窥视呢……看得出它们已经注意到你了!

不要逗留太久吧!美好的季节不太长了。沙漠的罡风就要漫天扑来,把你那少得可怜的食物吹走,吹得无影无踪,顷刻间,连一条滋润你的嗓子、营养你的双翼的小虫都没有了。别忘了你在我们的树林里留下的旧巢,别忘了你在欧洲的爱情!天空固然昏暗,但是你可以创造一个新的天空。爱围绕着你;每个人听到你的歌声都会激动得不住颤抖;最纯真的爱心为你突突跳动……这是真正的太阳,最美丽的东方。有爱的地方才有真正的光辉。

篝 火

[日本] 国木田独步

> 我们身为象征,同时又寓于象征之中。
>
> ——爱默生

我背着北风,在遍布枯草和白沙的山峰上,伸出两脚席地而坐,目送着远方伊豆山上落日的余晖。我那童稚的心里,为迟迟不见父亲的船从海上归来而焦急,那冷清、幽怨之情,实在无法形容。御最后川岸边茂密的枯芦苇在海风中抖动,它们的根部,由于半夜涨潮结上了冰,冰又因落潮而残破,整天不化,在暮霭笼罩的岸边画出了一条白线。如果有行人路经此地,停下他那疲乏的两脚,无意间向周围环视一下的话,谁又能无动于衷地离去呢?而那边是在七百年后的今日仍令人兴叹的六代贵人的森林。秋风在林木梢头呼啸。

在沼泽地中间的那条漂浮着落叶缓缓流动的小河里,逆流而上的小舟上不时传来悦耳的民谣声,预告霜夜的降临。不对,不对,是一个不说、不笑、不唱,也不知是农夫还是渔夫的男孩子,在凄凉地摇着橹。肩扛锄头的农夫和小桥的影子,朦胧地倒映在河水中,那只小舟驶过,无声无息地将它们搅碎。眼见小舟隐没到芦苇后面去了。

日影憧憧,两个乡下的年轻人,骑在溜光的马背上,在河口的浅滩上静静地走过,这景色宛如一幅图画。这时,纵目望去,海边无一人影,原来落在被拖上岸的船的船头上的乌鸦,阴郁地拍打着翅膀,朝镰仓方向飞去。

某年十二月末,年关虽已迫近,但孩子们是无忧无虑的。有七八个孩子聚集在沙山脚下,最大的十三岁,最小的九岁,好像在七嘴八舌地议论着什么。有的站着,有的把胳膊肘埋在沙子里,有的用手支着面颊,也有的坐着。这时太阳已经西沉。

他们商量完毕,便马上沿着海浪拍击的岸边纷纷奔跑起来。从港汊的这一端到那一端,分散开来。退潮后,在海滩上留下了朽烂的板子、缺边儿的木碗、竹片、木片、断了柄的勺子等各种各样的东西,全是前天夜里狂风巨浪的遗留物。孩子们把这些东西一一收集起来,拿到离开海岸的合适地点去,在沙地上选了个平坦的地方堆积起来,被堆放的这些破烂东西全都是湿漉漉的。

在这寒冷的黄昏时分,孩子们要干什么呢?日没后已过了一段时间,笼罩着箱根山脚的云彩被染成金黄色。向小坪湾返回的渔船,随着风势减弱,离陆地越来越近,旋即落下船帆,摆了过来。

一个圆脸的孩子,虽皮肤黧黑,但非常可爱。他拾到一个玻璃已碎的镜框子,想烧它,心中却还有些割舍不得的样子。这群孩子中一个年龄大些的说:"那么,那个准好烧!"说着搬过一段他几乎拿不动的粗原木。圆脸的孩子说:"那原木烧不着!"年龄大的孩子坚持认为能烧着,还大发雷霆。旁边又有一个孩子高兴地大嚷:"今天捡来的东西比哪天都多!"

孩子们是想焚烧这些捡来的东西,当看到那通红的火焰时,他们会感到狂喜;跑着从火堆上一跃而过,更会使他们感到得意。这回他们又从沙山那面收集来一些枯草之类的东西。年龄大些的孩子,先点燃这些易燃物,孩子们围着火站成一个圆圈儿,焦急地等待着听到竹子爆裂的响声。然而仅有枯草在燃烧,木头和竹子都不易燃烧,烧着了又灭掉,唯有浓烟滚滚升起,就是镜框也不过烧着一点,从原木的头上发出怪声,直冒热气。孩子们轮流地把头顶在地上,撅着嘴吹,烟刮进眼里,个个都像在哭泣。

海面已暗下来了,江岛的影子变得模糊不清。只能听见落潮后的海滩上空有许多鸟在飞鸣,那叫声凄婉动人。它们的身影似乎已无法辨识,其实,在暮霭中一个个乱动的白点就是它们。匆匆忙忙飞过去的鹬,是从芦草丛中飞出来的。

这时,一个孩子忽然喊叫起来:"看呀!看呀!伊豆山上的火着了,为什么我们的还点不着呢?"孩子们全站了起来,凝望着海面的远方。现在隔着相模湾,远处出现了一两点光,像鬼火般忽明忽灭、摇摆不定。这是伊豆山上的人在放野火。当商旅之人叹日暮路远之际,遥望着它流泪的便是这火。

"伊豆山在燃烧，伊豆山在燃烧……"孩子们唱起了好听的童谣。他们望着海面，拍着手，尽情地跳舞。这无罪的歌声响彻荒凉的海滨。海浪应和着歌声，自港汊南面画成一条白线，发出窃窃私语般的声音，涌了过来。开始涨潮了。

"这么冷，天都黑了，还想在海边上玩到什么时候！"这喊声从沙山那面传了过来。可是孩子们的心早已飞到伊豆山上的火光那里去了，没人听见这声音。"还不回来！还不回来！"又接连传来两三嗓子。一个幼小的孩子听见了妈妈在喊："你不要家啦？还不回来！"便马上朝山那面跑了过去。于是，剩下的孩子一面喊着"没有了！没有了！"，一面争先恐后地也朝山上跑。

那个年龄大些的孩子似乎为没能点着火感到有些遗憾，一面频频回头看，一面奔跑。来到山顶，就要朝山那面下坡时，又回头看了一眼，只见闪闪的火光射进眼里。他喊了句："这是怎么搞的？我们的火烧起来了！"一听到他的喊声，孩子们又都惊奇地跑回山顶，站成一排，俯视着山下面。

一直燃烧不起来的捡来的木头，被风吹得冒起火来，一缕浓烟袅袅升起，吐出的红色火舌忽隐忽现，听得见竹子的爆裂声，火苗蹿得老高，火势很旺。然而孩子们没再回到火堆旁来，只是一面兴高采烈地拍着手，一面大声地欢呼着，一齐朝沙山脚下回家的路径奔跑。

现在，海也暗了，海滨也暗了，进入了寂寞的冬夜。在这寂静的逗子海滨，没主的篝火静悄悄地燃烧着。

忽然，有个黑影沿着海边径直朝篝火走来。原来是个老年的行人。他刚刚走过御最后川的海滨，想再顺着海滨到小坪街里去，他一望见火，便迈开步子小跑般疾走，发出沉重的足音。

他用那嘶哑的嗓子，轻轻喊了声："好火呀！"便扔下拐棍，匆忙放下背上背着的小包袱，先把双手伸到火焰上边去烤。那手在颤抖，那双膝也在颤抖。"今天晚上多么冷呀！"他说这话时，牙齿都好像冷得合不拢了。红红的火焰照着他的脸，脸上刻着很深的皱纹，眼睛塌陷下去，目光混浊而又迟钝，须发花白、沾满灰尘，鼻子尖发红，面色如土。这可怜的人来自何处呢？他又奔向何方呢？也许是漫无目的的流浪吧！

"今天晚上多么冷呀！"当他自言自语时，全身似乎有意地颤抖着。然后他用那烤热了的手掌，痛快地搓一搓脸。他那多处绽出旧棉絮的褴褛的衣裳一挨近火，便从下襟冒出了热气。这是因为被早晨的雨水淋湿，至今还没来得及晒干的缘故。

"啊——好称心的火呀！"说着，老人把扔在地上的拐杖拾将起来，用它支撑着身子，抬起一只脚来，放在火上烤。藏青色的绑腿和布袜子已经褪了色，而且从窟窿里露出没血色的小脚趾来。竹子爆裂时发出一声巨响，火势陡地旺了起来，险些烧焦他的脚。但老翁仍不肯收回他的脚。

"这称心如意的火是谁点的呢？真叫人感激不尽呀！"说了这么一句之后，他收回了脚，"自从十年前离开了温暖的炕炉以来，还没遇见过这么叫人欢喜的火呢！"说这话时，他那注视着篝火的目光好像望着远处的什么东西。这火里似乎原样地画出了往昔炕炉的火，清楚地浮现出儿孙们的脸。"过去的火可喜，现在的火可悲，不，不，过去是过去，现在是现在。多么称心如意的火呀！"说这话时的声音里带着颤抖。他粗鲁地丢开拐杖，背向着火，面对着海，挺直身子，用两个拳头捶腰。仰望苍穹，夜空漆黑而爽朗，银河裹带着寒霜，一直垂挂到遥远的伊豆岬角下。

浑身暖烘烘的，沾满泥土的衣服下襟和袖子全烘干了。啊——这火呀！是谁点的呢？是为了谁呢？如今老翁的心里充满感激之情，老眼里噙满泪花。大海上无风无浪，只听得见潮水浸泡海沙的声音。老翁合上眼睛谛听。在这一刹那，忘记了浪迹天涯的旅途中的困顿劳乏和无依无助。老翁此刻的心再度驰返回逝去的童年。

可惜这火，即将渐渐地熄灭。竹子烧尽了，木板也烧尽了，只有那段粗原木还冒着炽烈的火苗。然而老翁已不再为此感到惋惜，只是为即将离去而惋惜。他把两臂圈起，像要去抱什么似的连胸都贴近了火，不断地眨巴着眼睛，然后伸了伸腰，往前走两三步又折返回来，把烧剩下的碎木头收到一起都添到火上去，眼看着那火复又烧旺的样子，开心地绽开了笑颜。

老翁走后，火发出红光，在寂寞的黑夜里奄奄一息地燃烧着。夜深，潮涨，孩子们点起的篝火也好，流浪老人的足迹也好，都永远地消失在波涛之下了。

光　线

[韩国] 许世旭

越经历过寒冷的痛苦，越能感受阳光的温暖；尝过人生苦恼的煎熬，才能体会生命的可贵。

——惠特曼

堂堂六尺昂然之躯，也仍由细小的眼珠代表一个人；高台广室，也仍由明亮的窗来做它的颜面，因为它才是光线焕发的原点。

我们以向日葵的向日性作为其生命的本能。人们同样有这种习性：婴儿醒来会爬向窗户，中了瓦斯毒挣扎的人头会向着门口。

窗，就像千等万等却等不到怀念的人一样，什么地方都设有它：土墙堆积起来的土屋的屋檐下必有它，茅屋上也附个纸糊的窗子，不去计较它是否仅仅成为老鼠钻来钻去的洞孔。实际上，糊好白纸的窗上，有着百济陶缸的淡色。

窗传来温暖的热量，更重要的是它引进明亮的光线。因此，从黎明起，我们就以窗为中心开始一天的生活，很显然，我们需求光线胜于热。

一切有生命的东西都是如此：以热来养身，以光来养心。

鱿鱼被潮水推来拥去，一看到渔船上照射出的强烈光线，就都争先恐后地游向渔船，一下子都成了渔夫的俘虏。

飞蛾、蚊虫非常愉快地在白炽灯下飞舞，不久就都像萧萧落叶般地结束了生命。

憩睡在石缝中的鳗、蟹、蛤，见到强光会伸首张望，但一会儿就都进了樵童的竹笼里去了——人们用光线诱拐它们。先贤云，勿射栖鸟，但我们偏偏用光引诱它们。

我们遥望渔夫打鱼，便赞叹闪闪烁烁的火花。

我们不只喜欢明亮的光线，更欣赏闪闪的"渔火点点"的佳景。

深夜透进来的柔和月光、远海的落照、闪烁的渔火、夜晚郊外的萤火虫……

除了蝙蝠和枭鸱，一切动物都喜爱光亮。这个所谓"光线"才是我们基本的宗教。

人们跟死神奋斗到最后一刻，眼神都是向着窗的；在黑夜中战栗的人期盼着黎明的到来；饥饿而死的人最后蠕动的细胞不在嘴唇，而是在痉挛的眼皮；临终的最后动作是眼睛一睁一闭，有的干脆睁着不闭。

可是光线太强了，会使人动弹不得，甚至狂乱。彩虹般的五彩光线乱射，任何人都会挣扎；在灼热的火光中手脚会柔软无力，就像飞蛾扑火、树叶在骄阳下悬垂一样。

因此，只要有三十支烛光，就会觉得舒适异常，太强了会夺去视力，爱得火热了心会融掉。

一味歌颂光，会沙哑了喉咙；一味盯着光，会晃瞎了眼睛。

躺在"月移花影上栏杆"的西厢窗里，能够看清画轴上苍劲的笔画，只要这种光线就够了。

夕照映得满山红的时候，能够依稀眺望远处的寒鸦，只要这种光线就够了。

像个白瓷缸中凝集的光线一般地聚集在胸膛里的那种淡光就够了。

现在我在玻璃包围的公寓中，没有天窗，也没有映山红，我觉得倦怠。

我喜欢薄暮，白天也常把窗帘半掩，夜晚的白炽灯需要加罩。

如果还需要追求炫目的光线，或许我也会被人诱拐。

钟和钟声

[西班牙] 加夫列尔·米罗

幸福是唯一的善,理性是唯一的导航灯,正义是唯一的崇拜物,人道是唯一的僧侣。

——英格索尔

敲钟人那只长满老茧的手抓住绳头上的结,像拉铁匠炉的风箱似的开始拉那根绳子。绳子从一块黑石碑开始,顺着一道栏杆拉上去,越过教堂中殿和钟楼的整个黑脖子。绳子摇动着正在最后一根吊竿上沉睡的黎明之钟的木制双肩。小钟扭动、翻转、点头、歌唱。钟声像清脆的童音。在它旁边,欢叫的鸟儿将离开那儿去觅食。天空像水果刚刚被划破一点皮一样,一股玫瑰色的果汁喷出来,在轻微的伤口上出现了城市的轮廓;接着又出现了松林的黑色长毛绒;随后,两座小山的美丽形状也都清晰可见。夜晚在深沟里纺织的雾开始拆线;带着新鲜夜露的草地显露出来,在一条路边无比欢乐地跳跃……

"1766年铸的母亲钟"同情地望着它。它们的年龄几乎相同。那钟既粗重又和平,为不安的道路感到难过。既然它必须和赤裸的大地一起回来并且在这个黄昏像以往一样疲惫,道路又这么高兴地要去哪儿呢?它是对的:傍晚,看来道路要回村里去了。

这是"1766年铸的母亲钟"说的话。它仍然在打盹儿。实际上,它直到十二点才醒来,即使在这时,它也很少忙碌。它说的话不多不少,只有九个字,在诵《万福马利亚经》时响九下。钟声传向城市,使城市、田野、无依无靠的道路笼罩上一种热乎乎的平静气氛……这只钟为阳光明媚的原野带来夜晚的宁静,你在这儿能感觉得到远方的寂静。寂静的远方仿佛走到这儿专为体验和品尝孤独。到处空无一人,连大猎犬也走进家门围着桌子转。只有天空和山顶显得明亮似火,因为山谷、果园和房舍都眯起眼睛来睡午觉了。

在唱诗的时刻到来之前,所有的钟都一动不动地吊着。中午,一阵阵芳香的风儿从成熟的田野飘进拱门,在钟口上像蜜蜂似的嗡嗡作响。一只金色的鸟儿环绕着圆尾顶飞舞,眼睛放射着无限的光芒,紧张的翅膀像浪花飞溅在海滩一样在空中激动地拍击,然后消失在蓝天里。一只只钟陷入了孤独。阳光把钟穿透,像血液一般流入它们那明亮的肉杯子里。

节日和光辉纪念日发疯地加速着钟的运动,它那快活的声音响彻整个村子,整个天空都变成了一只巨钟。钟的心房跳动着,在体内容不下了,它们一起冲出来,升上天空成群地飞行,飞到远方后它们快活、明亮、轻巧地落下来,开始在草地上玩耍,时而飞升起来,时而像打着旋儿的树叶和拉圈的孩子一样聚在一起。

一个行人想把它们捡起来,但是办不到,因为现在的钟声在他的胸中波动、震颤。他走开时,希望听到钟声响彻四方。无辜而善良的钟诵着祷词;沉默下来时,路上的钟的心房离村子更远了。

钟的心房飞到它们的栖息架上的摇篮里睡觉去了。几只冻结的眼睛望着它们,几对潮湿而寂静的翅膀触摸它们。它们早把不友好的同伴抛在了脑后。成群的大鸟展开它们那麻布似的翅膀围着它飞舞。消失在蓝天里的那只激动而紧张地飞行的鸟儿现在在何处呢?

整个天空和原野充满反射着星光、拍动着翅膀的钟的振动。在月光下,它们渐渐变成了银色的钟。此刻,钟楼显得既年轻又美丽,每块方石都毫无遮掩地现出它们那古老的风韵,它像一位白发苍苍的美丽母亲穿着她那古老的新婚礼服让女儿们观赏。钟楼既像人也像植物,它像一条手臂高举着一串月亮葡萄。

现在,一只只钟成了村庄和平的标志。

白天,它们、小广场上的泉水以及树木、鸽子、炊烟和孩子们使村庄到处充满了生气。而它们的作用更大,它们从上空,从远方,从牲畜、运货物的人和行人能听到钟声的地方包围过来。它们压倒了空气的跳动;它们是搏动,是吼叫和歌谣。面包的香味…糖汁的香味、酒桶的香味、洗过的麻布的香味……村庄里的各种香味一起飘来。钟声传到寂静的辖区边缘;土地和道路仿佛是用同样的模具铸造的。钟声里波动着时间:从前的停止不动的时间,躺在四棵在落日余晖中闪着金光的意大利柏中间的世代的时间，现在像触及我们太阳穴的无形的鸟儿颤动似的一瞬间的时间和像一阵新起的柔风一样从地平线上刮来的、在钟楼的黑色捻线杆上纺线的时间。纺纱的钟，也是掌管钥匙的钟。每天每夜开关光线的红拱门。这就是钟的形象。那么，敲钟人呢？不错，敲钟人是可怜的！

因为人们相信，敲钟人所做的，仅仅是敲钟！

小 麦

[美国] 弗兰克·诺里斯

生存这一事实本身,就和"强"字分不开,活着就意味着生"存"下来了,那正是以某种形式显示的生命力强大的后果。

——武田泰淳

在这辽阔广大的圣华基恩河流域的每一处地方,在看不见、听不到的地方,有成千上万台联犁在翻地,上万片犁铧深深地刺进那暖烘烘、湿漉漉的土壤。

大地仿佛正在气喘吁吁地盼望着这等候已久的爱抚,那是多么强健有力、富有男性风味啊!无数铁手像巨人似的把大地搂在怀里,紧揪住大地那暖烘烘的棕色肌肤。这种毛手毛脚的追求方式,剧烈得近乎粗野,叫大地起了狂鸣,热情如火,浑身哆嗦。那里,在阳光下,在万里无云、光辉灿烂的天空下,这场追求那巨人的好戏开场了。这是势不可当的原始的欲望,这两股世界性的力量,是原始的男性和女性,像两个巨人似的搂在一起,怀着一股无限大的欲望,又可怕又神圣,无法无天,狂放不羁,又野蛮,又自然,又崇高,他们被这欲望折磨得痛苦万分,彼此揪住了不肯放手。

这回差不多是白天了。东方泛着乳白色。安尼斯特四下望望,只见大地上布满了亮光。可是这光景变了样啦,一夜工夫,发生了什么事?他心情很激动,起先觉得这变化令人难以捉摸,简直是真幻莫辨、虚无缥缈。可是,这时四周越来越亮了,他再朝眼前那片像一卷羊皮纸似的、从天边伸展到天边的田地望望——这变化并非真的是真幻莫辨,这变化是货真价实的。大地不再是光秃秃的,这里不再是一片荒芜的景象——不再是空荡荡的,不再是一片暗沉沉的棕色了。安尼斯特一下子叫出声来。

小麦啊，小麦啊，就在这里啦！那些小小的种子早给播下了，在黑洞洞的土壤深处抽苗发芽，拼命蠢动、膨胀，一夜工夫，一下子冒出头来，到了亮光里。麦子露头啦！它们就在他的面前、他的四周，什么地方都是，一眼望不到头，多得不可胜数。冬天的褐土上铺上了一层闪着微光的绿苗。播种的工作有了指望。大地是个忠心耿耿的母亲，她从来不失信，从来不叫人失望，这回又履行了她的诺言啦！世界各国的元气又恢复了，天下万方的力量又新生了。那个慈悲为怀、泰然自若的巨人睡了一下，又醒过来了。于是，这晨光的光辉灿烂地燃烧起来，照耀着这个被一个女人的爱情弄得心花怒放的农人和一片喜气洋洋的大地。这大地，因为履行了一个神圣不可侵犯的诺言，而闪着不可一世、气象万千的光芒。

秋天的日落

[美国] 梭 罗

太阳的光辉会照耀得更加艳丽，会照射进我们的心扉之中，会使我们的生涯洒满了更大彻悟的奇妙光照……

——梭 罗

最近十一月的一天，我们目睹了一个极其美丽的日落。当我像平时一样漫步于一条小溪发源处的草地之上，那高空的太阳，终于在一个凄苦的寒天之后、暮夕之前，突然于天际骤放澄明。这时，但见远方天幕下的衰草残茎、山边的树叶橡丛，登时浸在一片柔美而耀眼的绮照之中，而我们自己的身影也长长地伸向草地的东方，仿佛是那缕斜晖中仅有的点点微尘。周围的风物是那么妍美，一晌之前还是难以想象，空气也是那么和暖、纯净，一时间，这普通草原实在无异于天上景象。但是这眼前之景难道一定是亘古以来不曾有过的特殊奇观？说不定自有天日以来，每个暮夕便都是如此，因而连跑动在这里的幼小孩童也会觉得自在、欣悦。想到这些，这幅景象也就益发显得壮丽起来。

此刻，那落日的余晕正以它全部的灿烂与辉煌，也不分城市还是乡村，甚至以往日少见的艳丽，尽情斜映在这一带境远地僻的草地之上。这里没有一间房舍。茫茫之中只瞥见一头孤零零的沼鹰，背羽上染尽了金黄，一只麝香鼠正探头于穴处，另外，在沼泽之间望见了一股水色黝黑的小溪，蜿蜒曲折，绕行于一堆残株败根之旁。我们漫步于其中的光照，是这样纯美与熠耀，满目衰草树叶，一片金黄，晃晃之中又是这般柔和恬静，没有一丝涟漪、一息呜咽。我想我从来不曾沐浴过这么幽美的金色光波。西望林薮丘冈之际，光辉灿烂，恍若仙境边陲一般，而我们背后的秋阳，仿佛一个慈祥的牧人，正趁薄暮时分，赶着送我们归去。

我们在踯躅于圣地的历程当中也是这样。总有一天，太阳的光辉会照耀得更加艳丽，会照射进我们的心扉之中，会使我们的生涯洒满了更大彻悟的奇妙光照，其温煦、恬淡与金光熠耀，恰似一个秋日的岸边那样。

星星和地球

[前苏联] 邦达列夫

> 整个大地对贤智的人都是敞开着的，因为一个高尚的灵魂的祖国，就是这个宇宙。
>
> ——德谟克利特

我深夜醒来了。这是由于车轮的狂奔和隆隆声，由于卧铺的咯吱声，由于半开着的包厢门的颤动声——在我头上还刮着一股尖厉的过堂风。

车厢过道和包厢里一片漆黑。我睁着眼睛躺了好久，在黑暗中估量着黑糊糊的正方形窗口，窗外的一切都无法察觉，像往日的夜间一样，四周寂静无声。在这无边无际的、神秘的、像黑暗一样不可思议的宇宙中间，人难以弄清楚是草原还是森林正从窗外掠过。

后来，在窗外天空的空隙外，突然闪现出一颗蓝色的孤星，像是一种天外的火光。

列车没有减缓速度，照常疾驰着，各种景物的影子继续消失在不见地面灯火的秋季夜间里。那颗蓝色的孤星在那不可思议的高空中是看不见这列火车的，因为它闪烁在距离地球极为遥远的冰冷的茫茫宇宙之中。

那颗星星在它那高傲的、可望而不可即的高空，跟列车并排浮动，用它那闪亮的、毛茸茸的末梢触动着昏暗的太空。我目不转睛地望着那颗星星，心情喜悦，既而又惊恐。惊恐是由于尚未猜到存在于智能之外的某些规律，这些规律不知为什么常常无情地把永恒压缩为一瞬间，又把一瞬间拉长为永恒。"这是否意味着，永恒，就是生存，瞬间，就是毁灭？……"

使我感到可怕的是，在这些规律面前，一切东西都软弱无力：生命、爱情、艺术以及地球——处于吓人的、不可知的无边海洋中的这个适于居住的舒适的小岛本身。如果地球知道自己终将在某一天毁灭（这天已经写进世界规律的令人失望的最后一章），它该会感到多么孤独和危险啊！全世界的钟表指针为何要合拢、停顿，接着又重新走动呢？也许在这种不幸的不公平中存在着一种严格而公正的法律？而这又是为了什么呢？看来，这些问题的答案已经写进了任何人永远也读不完的那本伟大的书里。就像一个人不可能耍弄、欺骗和逃脱自己的命运，同样也不可能改变和阻止世界上时间的运转，不能够回避它，不能够自命不凡地想延长寿命就可以使钟表的指针倒转。

我又想象到，如果从那个秋夜孤星的高处观看我们的地球，所看到的将会是个什么样子？它会像一粒渺小的蔚蓝色尘屑；又像一艘空中飞船，正在穿越紫色冷空和星光的深处，正在穿越陨石闪闪发光的雾境。我想象着飞船的脆弱、它的弱点、它那有限的水源和食物储备，一想到它在宇宙面前那种孤立无援的境况，就顿时胆战心惊。

如果这艘飞船上的每个船员都认识到前面就是死礁，一旦跟它相撞，由森林、河流、海洋、雨露、晚霞、绿草、美丽的城市、纪念碑、教堂、汽车、书籍、名画，等等，即由人类思想的才能和人的双手创造的一切所组成的飞船那美好的躯体，就将粉身碎骨，就会化为乌有。如果每个人哪怕只用一分钟来想一想地球时代很快就将过去，那么人们就不会人为地让自己的飞船摇来晃去，就不会再用自然物质裂变的魔力在船底上打洞，更不会像自杀者那样鬼迷心窍地用凶狠和仇恨的刀子来割裂那绷紧的船帆，甚至不惜洒上自己的鲜血。

难道人们永远不会明白，地球应当是他们的一艘清洁、明亮的白帆船，而它的航程也并非无止境吗？

那么这一点是否值得思考呢？须知，一个人是很少考虑自己的死亡的，即使考虑到，也往往自我安慰，认为这对他来讲将是以后不知什么时候的事，是以后的事……

"以后"是一种自卫的方式，但在这个"以后"当中，也含有一种奇怪的、几乎是无法解释的期望味道：也可能不至于恰恰发生在我身上呢？当老人们把死亡想象为遥远的事或者难以相信死的可能性的时候，他们往往丧失一种主要的东西——生命不可重复的意识，因而地球和人的无情的疏远也就开始了。这样一来，我们的这个小小行星就只不过是一个可以使我们获得暂时舒适与享乐的工具，这种舒适和享乐正在演变为残忍和丑恶的病态行为，犹如孩子虐待母亲那样。

是的，是的，人们不仅从开始有战争的那个时代起，就用炮弹和重型炸弹来震动、撕破和击伤地球的躯体，而且还把自己的住房变成垃圾箱，变成肮脏的废品堆，变成汽车、晶体管、瓶子、罐头盒的坟墓。现今，人们正在用化学废物摧残和毒害地球，仿佛是为了拼命发财而急于消灭地球，也消灭自己。

要知道，地球——这个活的肌体，有它自己的节律、呼吸、脉搏和血液循环，它体内那天然的血液流动，也会致命地停止。毫无疑问，人们正在明白，更确切地说是正在感觉到日益迫近的危险，而同时却又寄希望于渺茫的"以后"，希望到那时世间的美好事物也许不至于发生什么事。

但一切事物都有自己的开端和自己的终结。

那颗孤星的死气沉沉的蓝光从无限远的高空照到我这里，并不给人以温暖，却以那毫无生气的光线，以那冷冰冰的光线末梢，传来袭人的寒气，令人感到九月黑夜中的寒冷。这时，不知为什么，我忽然回想起那些熄灭已久的星星，它们那缕缕晚期的微光穿越宇宙空间照到地球上来，这微光好像是一种为自己即将死亡而向宇宙申诉的光。

"为时还不晚！"由于列车包厢里的寒气刺骨的过堂风，由于那颗孤星发出的令人忧郁的冷光（我觉得这颗星星现在好像已经死亡，但过去某个时候它曾经是一个活跃的、欢乐的和兴旺的行星），我不禁感到阵阵颤抖，同时想到，"我们大家应当做点什么了，现在为时不晚！……"

列车在减速，以越来越匀速、越来越轻缓和从容不迫的动作撞击着钢轨，透过包厢门的叮叮颤动声，透过卧铺的咯吱晃动声，传来了示警的机车汽笛声。然后，散落在远处的沉沉夜幕中的成串灯火闪烁起来，远处扳道工棚上的路灯也突然闪烁起来，把车厢照得通亮，封闭仓库上的不大亮的电灯也开始徐徐靠近。

列车越走越慢，过了一会儿，迎面扑来一个大车站的亮堂堂的大窗户，那里的站台上空无一人，车站大厅里空空荡荡的，餐厅同样空荡而明亮。接着，整个包厢射进一道道明亮的电灯光，射进了人间温暖的生动标志。

我穿上衣服，走出车厢。一到站台上，我就情不自禁地向天空望去——那颗星星已经看不见了。在车站外，白杨树在秋风中沙沙作响；在轨道上，调车机车的蒸气，不断发出咝咝的声音。睡眼惺忪的女列车员连连香甜地打着哈欠，幽默地对我说：即使我半夜就打算到餐厅去，它也要关闭到早晨。

听见人的说话声，看见这位年轻女人的笑容以后，我在风中舒服地吸了一口气，吸了一口停满列车的车站、机车蒸气和柴油的气味——铁路上那种舒适的气味，然后迎着从车站上的一个个窗户里透出的光亮，漫步在站台上，一边苦笑，一边想："以后，以后？……"

　　也真奇怪——听命于为遥远未来的辩护，倒使我觉得轻松了一些。

暴风雨

[意大利] 拉法埃莱·费拉里斯

昨晚，狂暴的大自然似乎要把整个人间毁灭，而它带来的却是更加绚丽的早晨。

——拉法埃莱·费拉里斯

闷热的夜，令人窒息，我辗转不眠。窗外，一道道闪电划破漆黑的夜幕，沉闷的雷声如同大炮轰鸣，使人惊恐。

一道闪光，一声清脆的霹雳，接着便下起了瓢泼大雨，宛如天神听到信号，撕开天幕，把天河之水倾注到人间。狂风咆哮着，猛地把门打开，摔在墙上。烟囱发出呜呜的声响，犹如在黑夜中哽咽。

大雨猛烈地敲打着屋顶，冲击着玻璃，奏出激动人心的乐章。一小股雨水从天窗悄悄地爬进来，缓缓地蠕动着，在天花板上留下弯弯曲曲的足迹。

不一会儿，铿锵的乐曲变成节奏单一的旋律，那优柔、甜蜜的催眠曲，抚慰着沉睡的人疲惫的躯体。

从窗外射进来的第一束光线，报道了人间的黎明。碧空中飘浮着朵朵白云，它们在和煦的微风中翩然起舞，把蔚蓝色的天空擦拭得更加明亮。

鸟儿唱着欢乐的歌，迎接着喷薄欲出的朝阳。被暴风雨压弯了的花草儿伸着懒腰，宛如刚从睡梦中苏醒。偎依在花瓣、绿叶上的水珠，金光闪闪，如同珍珠闪烁着光华。

常年积雪的阿尔卑斯山迎着朝霞，披上玫瑰色的丽装；远处的林舍闪闪发亮，犹如姑娘送出的秋波，使人心潮激荡。

江山似锦，风景如画，艳丽的玫瑰花散发出阵阵芳香。绮丽华美的春色啊，你是多少美好！

昨晚，狂暴的大自然似乎要把整个人间毁灭，而它带来的却是更加绚丽的早晨。

有时，人们受到种种局限，只看到事物的一个方面，而忽略了大自然那无与伦比的和谐与美。

星期天在我的大地上

[德国] 斯·盖奥尔格

> 只要不迷失好的目标，并且持之以恒，最后必定会得到拯救。
> ——歌 德

一

我们离开军用公路，踏上了田间小径……这是九月末的一天，真得感谢老天爷，到晚也没有下雨。我们紧沿着磨坊旁的那条小溪漫步，一直走到它和河流交汇的地方。这儿以前曾矗立着一座碉堡，现在抬眼一望，只剩下一片断壁残垣。我在一溜儿撒满蓝盈盈的星状小花的灌木丛边俯下身来，远处一个黑影在幽暗中朝我招手。

我们穿过一座村庄，村舍的墙壁用石灰水刷得惨白，悄没声息，静得好像墓群。弯弯扭扭的小胡同伸向河岸，干干净净，空无一人。一条木船把我们带过不算宽阔的小河，我们来到了坦荡的草场上。一旦河水上涨，这片草场准会被淹没，看上去酷似挖得深深的大坑。我们采集起一种被当地人称作羽状玫瑰的红艳艳的花朵来。

我们又拐入一条大路，这条刻满了车辙辘印的路通往一个小镇。左边长长的一排白杨树向前方延伸下去，我发觉白杨在所有树木中显得最为庄重……女伴脸上漾着微笑，端详着我。接着我们遇到了一群孩子，他们正在兴高采烈地摆弄着发出怪声响的八音盒，渐渐地，手摇风琴奏出的像关节脱臼似的乐曲声听得越来越清楚了……小镇上肯定在庆祝什么节日呢！

二

我独自一人在满是泥浆的军用大路上不断地前行，步履维艰地从石块和车辙里挣扎出来，跨入浸润着神秘气息的夜幕。灰蒙蒙的浓雾沉重地压将下来，伴着湿漉漉的叫人喘不过气的风烟包围了身前身后。没有活物，没有声音，没有光亮。连那边坟头旁树木的轮廓也看不见。我一直把这堵铅灰色的雾墙当做目标，一直朝这后面的天际走去。那边坟墓旁有两条黑影一掠而过：一条好像狗的模样，另一条酷肖端着锡罐的小孩。

死者安息的墓园里，每条通道上都有一双双手在热火朝天地劳动：铲除了过于茂密的攀缘植物，在花木冻死枯萎的地方又栽下了新枝，还运来了干净的砾石，编起了人造蜡菊的花圈。尤其是那些和我们永别不久的死者的坟头，被打扮得更加漂亮。十月份最后几小时，苍白的阳光照在红黄相间的沙石上，照在大理石塑像和纪念碑上。这纪念碑一如既往地使我深有感触：这是一具黑色的巨锚，象征着靠不住的希望。

小丘上覆盖着的白雪开始消融了。河流，还有被连绵阴雨弄得不像样子的静寂的道路变得模糊起来，化成了金灿灿、银晃晃的一大片。太阳一会儿出现在云端，一会儿又隐没在云朵里，随着太阳位置的移动，这金银交辉的一大片又会突然变成褐灰混杂的现实——这种景色的变幻常常一眨眼工夫来上几遍。心灵带着一种明显的舒适感默默地忍受着这苦难星期天的闪烁和炫耀。

三

在我的大地上有四条星期天的路：朦胧回忆的路、重新再干的路、必然绝望的路和可能幸福的路。

四

古风依然的村落。我们的先辈休养生息于此，一位接一位地被安葬在教堂墓地爬满常春藤的围墙边。在铺着石板路的小街上，有几个我从未见过面的人跟我打招呼；通往教堂的小路上，一位上了年纪的妇人带着一种老祖宗似的快乐神情认出了我，问这问那。我眼前又是一片灰暗：木头搭就的圆拱门、楼梯口雕刻的把手，还有早已过时的家具，这一切都像房屋主人古老而真诚的好客态度一样，给人宾至如归的亲切感，我几乎想要打听老伯父的近况了。不过话又说回来，我确实不知道他是否还在人世。

他们指给我看一份搁在这儿已有些年头的家庭遗产：一个漂亮、文静、聪明，但却不幸夭折的孩子的半身石膏像……这尊石膏像安放在一间冰窟般寒冷的大厅里，大厅呈长条形，五扇大窗，四周可见古法兰克式的金饰；脚下浅白色地板上铺的绒毯已经磨损；墙上挂着的一幅幅油画黑不溜秋的，几乎辨不出原貌了。所有的百叶窗都拉开着，以便让人能看清考尼茨式桌子上放在玻璃罩里的石膏像。石膏像的额头高高耸起，看上去比原型苍老得多，因为石膏像是根据死者的蜡制面膜翻作的——后脑勺明显凸出，嘴角边的皱纹依稀可辨，就是后来被人们称为痛苦纹的那种皮肤褶痕。

　　草场、河水和蔚蓝的天际间和谐的安宁只是偶尔被迎风飘扬的旗帜的哗哗声或星星般散落四周的小村落庆祝节日的欢闹声打破。每隔好久，奶牛场上的火鸡就咯咯地叫上一阵。孩子们站在浅浅的河水中摸鱼；还有几个人在柳林间洗澡。远眺河的上游处，只见一条空船横在渡口，随波摇晃。能在这充溢着温情和纯真的地方重新找到那早夭儿的灵魂吗？

夜行记

[英国] 弗吉尼亚·伍尔夫

人们渴望安居；只有他们依然漂泊不定，他们才会有所希望。
————爱默生

我们一行人，来到圣艾夫斯湾西侧一处名叫特雷韦尔的谷地一游。在踏上归途之前，秋日的黄昏已经降临。那一派海景，在暮色中依然清晰可辨，着实令人屏息凝眸，叹为观止。巨大的岩崖，组成一排庄严宏伟的队列，直面夜空和大西洋的万顷碧波，巍然矗立，突入海面，像是怀有某种自觉的神圣使命，仿佛必须服从自太古洪荒时就降下的一道旨令。时不时地，远处的一座灯塔射出一道金色光芒，穿透雾霭，突然再现了岩崖的峥嵘。这光景，足以说明天色已晚，而前面还有六七英里的路程，需要我们靠双脚步行回去。而且，我们对这一带地势毫不熟悉，还是不离开大路更为妥当。果然，不出半小时，连脚下的白色路面都像雾气似的浮动起来，我们不得不一步一探地朝前走，仿佛要用脚来试试是否踩着了实地。一个人影落到后面几码远处，晃了两晃，然后消失得踪影全无，就像被夜的黑水吞没了，而他的声音，听起来也像从万丈深渊下传来的一样。值得注意的是，尽管我们行走时都挨得近近的，并且想用热烈欢畅的论辩来抵御黑暗，可我们的声音彼此听起来都显得异样而不自然，最充足的说理也显得软弱无力，不能令人信服。我们的交谈在不知不觉间滑向了那些适合幽暗、阴郁场所的话题。

一时间，我们沉默无言。这时，你身边走着的那个人影似乎已消失于夜色之中，只有你孑然一身踽踽而行。你能感受到四周的黑暗咄咄逼人的压力，感受到你抗拒这重压的力量在逐渐减弱，感受到你那副在地上往前移动的躯体与你的精神分离为两个部分，而精神则飘飘摇摇地离你远去，好似晕厥了一般。甚至这条路也在身后离开了你，我们踩着（假如我可以用描述穿行于白昼的田野时那种明朗而确切的动作的词语来形容现在这种暧昧不明的动作）的是浩浩渺渺、无径可寻的夜之海洋。此时不时用脚来试探试探下面的路，为的是证明它无可怀疑的是坚实的土地。眼和耳都紧紧地封闭着，或者说，由于承受着某种触摸不着的东西的重压而变得麻木不仁了，以至于当下方呈现出几点亮光的幻影时，我们竟需要费一番气力才意识到它们的存在。难道我们果真看到了亮光，像在白天看到的一样，抑或那只不过是大脑中浮现的幻象而已，就如同撞击后眼前冒出的金星一样？这些亮光就在那儿，在我们下方的一个峡谷里挂着，没有锚索固定，临空悬浮在黑暗的柔软深海中。我们的眼睛刚刚辨明它们确实存在，头脑就立刻觉醒过来，构想起一个天地的草图，将它们安置其中。那儿必定也有一座山，山下卧着一个小镇，有一条道路绕过小镇，就像我们记忆中的那样。十来盏灯火，就足以使这个天地物化成形了。

　　我们的旅程最奇异的一段已经过去，因为某种可以眼见的东西终于出现了，我们面前有了确证。而且，我们感到自己正走在一条道路上，能够比较自如地朝前迈步了。在下方的那块地方也有人类，虽然他们不同于白天的人。骤然，我们身边燃起了一团光，就在我们看到它的一刹那，也听到了车轮的轧轧声，眼前闪现了一个人驾着一辆运货车的形象。只一瞬间，亮光就不见了，轮声哑了，我们的话语声再也传不到那人耳中。随着景物在我们眼前倏忽出现和隐没，我们发现自己已然置身于一个农家场院。院里悬着一盏风灯，它那摇曳不定的光圈投向一群挤在一起的牲口，甚至也映照出我们这伙人中一直隐而不见的人的部分身影。农场主向我们道晚安的声音，如同一只强有力的手紧紧抓住了我们的手，把我们拉回现实世界的岸边。然而再往前迈出两步，黑暗和寂静的无边洪流又将我们覆盖。不过，数点亮光再度出现在我们身旁，宛如船只的灯光游动在海上。它们以无声的脚步向我们靠拢——这正是我们在山顶上看到的那些灯光。这村庄是静穆的，但并没有沉睡，它仿佛瞪大了眼睛躺着，同黑暗做着顽强的搏斗。我们可以分辨出背靠屋墙的人形，这些人显然是被近在窗外的夜的重负压得难以成眠，只好来到屋外，把双臂伸进夜空。在四周广阔无垠的暗涛的包围中，这些灯盏的光芒显得多么微弱啊！飘零在无际汪洋中的一只船，堪称孤独之物，然而停泊在荒凉的大地上、面对深不可测的黑暗之洋的这座小小村落，却尤为孤独。

然而，一旦习惯了这种奇异的元素，你会发现，那里面有着伟大的宁静和美。此时，充斥于天地间的仿佛只是实物的幻影和精灵。原先是山的地方，现在飘着浮云，房屋变成了星星火光。眼睛沐浴在夜的深海里，受不到现实事物的坚硬外壳的磨损，得到了很好的休憩。包容着无穷琐碎什物的大地，融解为一片混沌的空间。对于缓解了疲劳、变得敏感的双目来说，房屋的墙壁是过于狭窄了，灯火的光芒是过于刺眼了。我们有如曾经被捕而后被囚禁于笼中的鸟儿，方得振翼高飞。

启 示

[黎巴嫩] 哈·纪伯伦

在时间的长河里,一直能让自己不下沉,脚也不沾湿,这就是人生。
——易卜生

夜渐渐深沉,睡眠把它的斗篷覆盖在大地的脸上,这时我离开了我的眠床,去寻找大海。我对我自己说:

"大海永不睡眠,大海的清醒不眠给失眠的灵魂带来安慰。"

我到达海滨的时候,大雾已经从山顶上降落下来,遮盖着世界,就像面纱装饰着少女的脸。

我站在海滨凝望着波涛,谛听着涛声,思索着藏在波涛后面的力量——

这力量与风暴一起奔腾,与火山一起咆哮,与嫣然的花朵一起微笑,与潺潺的溪流一起奏乐。

过了一会儿,我转过身来——

我瞧见三个人影儿坐在附近的一块岩石上,我看到雾霭遮掩着他们,可又遮掩不了。

被某种我不知道的力量吸引,我慢慢地向他们所坐的岩石走去。

我站在离岩石几步远的地方,凝望着他们,因为那儿有一种魔力,它使我的目的明朗化、具体化了,并且触动了我的幻想。

这时候,三个人影儿中有一个站起来了,他用一种在我听起来像是发自大海深处的声音说道:

"没有爱情的生命像是没有花或果的树,而没有美的爱情就像是没有芳香的花、没有种子的果。

"生命、爱情、美,三者统一于一个自我,自由自在、无穷无尽,既不知变化,又不会分离。"

他说罢就重新坐在他的位置上。

于是第二个人站起来了,用一种像是激流般奔腾澎湃的声音说道:

"没有反抗的生命像是没有春天的季节,而没有正义的反抗就像是春天被埋没在干旱荒芜的沙漠里。

"生命、反抗、正义,三者统一于一个自我,其中既无变化,又无分离。"

他说罢就重新坐在他的位置上。

然后第三个人站起来了,用像是雷鸣隆隆的声音说道:

"没有自由的生命像是没有心灵的肉体,而没有思想的自由就像是个混淆是非黑白的心灵。

"生命、自由、思想,三者统一于一个永恒的自我,既不消失,又不化为乌有。"

接着,另外两个人也都站了起来,用庄重而威严的声音说道:

"爱情和爱情所产生的一切、反抗和反抗所创造的一切、自由和自由所孕育的一切,这三者是神明的三个方面……而神明乃是有限的和有意识的世界之无限无穷的心灵。"

随之而来的是寂静,寂静中充满了看不见的翅膀的振动以及缥缈的身体的战栗。

我闭上了眼睛,静听着我所听见的格言的回声。

当我张开眼睛的时候,我只看见大海藏在一条用雾霭织成的毛毯之下。我向岩石走近,我只看见一炷香烟冉冉升向天空。

话的力量

[前苏联] 巴甫连柯

人性的真正完美体现不在于一个人有多少，而在于他是什么。
——王尔德

当我遇到困难，当怀疑自己力量的心情使我痛苦流泪，而生活又要求我做出迅速和大胆的决定，由于意志薄弱，我却做不出这种决定来的时候，我便想起一个很老的故事，这是许久以前我在巴库听一位四十年前被流放过的人说的。

这故事对我产生了很大的影响，它鼓舞我的精神，坚定我的意志，使我把这短短的故事当成我的护身符和咒文，当成每个人都有的那种内心的誓言。这是我的颂歌。

下面就是这个故事，它已经缩短成能够对任何人叙述的寓言了。

事情发生在四十年前的西伯利亚。在一次各党派流放者秘密举行的联席会议上，作报告的人要从邻村来参加会议。这是一个年轻的革命家，名气很大，也很特殊，并且是一位前程远大的人。我不打算说出他的姓名。

大家等他等了很久。他一直没有来。

把会议延期吧，当时的情况是不允许的，而那些跟他属于不同政党的人却主张他不来也要开会，因为他们说，这样的天气他总归是来不了的。

天气实在是恶劣。

这一年的春天来得很早，山南光秃秃的斜坡上的积雪被太阳晒软了，要想乘狗拉雪橇是办不到的。河里的冰也薄了，发了青，有些地方已经出现薄冰了。在这样的情形下，滑雪来很危险，要驾船逆流而上也还太早：冰块会把船挤碎的，其实即使是最强壮的渔夫也抵不住冰决的冲击力。

然而赞成等候的人并没有妥协，他们一向深知那个要来的人的品格。

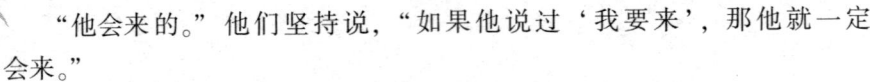

"他会来的。"他们坚持说,"如果他说过'我要来',那他就一定会来。"

"环境比我们更有力量啊。"有人急躁地说。

大家争论起来了。忽然,窗外人声嘈杂,在木屋跟前玩耍的孩子们也兴奋起来,狗叫着,焦急不安的渔夫们赶紧向河边奔去。

流放者们也从屋子里走出来,他们眼前出现了一个令人惊奇的场面——

有一只小船绕着弯慢慢地冲着碎冰逆流而上。船头站着一个瘦削的人,穿着毛皮短外衣,戴着毛皮耳帽。他嘴里衔着烟斗,用安详的动作,不慌不忙地用杆子推开流向船头的冰块。

起初谁也没注意,这小船既没有帆又没有摩托,怎么会逆流行驶?但当走近河边的时候,大家才吃了一惊:原来是几只狗在岸上拖着船前进。

这样的事在这里谁都没有试过,渔夫们惊奇得直摇头。

其中一位年长的人说:"我们的祖先和父辈们在这儿住了多少代,可是谁也没敢这样做过。"

当戴耳帽的人走上岸来的时候,他们向他深深地鞠躬致敬。

"到来的这一位比咱们大家更会出主意。他是个勇敢的人!"

来者与等候他的人握了握手,指着船和河说:"请原谅我不得已迟到了。这对我是一种新的交通工具,有点不好掌握时间。"

实际上是不是这样,或者说人家讲给我听的这个富于诗意的故事中是不是有所臆造,我不得而知,但我希望这一切都是真实的,因为对我来说,再也没有比这个关于信任一句话和关于一句话的力量的故事更真实和更美好的东西了。